COREOGRAFÍAS ESPIRITUALES

LARGO RECORRIDO, 115

Carlos Labbé
COREOGRAFÍAS ESPIRITUALES

EDITORIAL PERIFÉRICA

PRIMERA EDICIÓN: JULIO DE 2017
DISEÑO DE COLECCIÓN: Julián Rodríguez
MAQUETACIÓN: Grafime

© Carlos Labbé, 2017
© de esta edición, Editorial Periférica, 2017
Apartado de Correos 293. Cáceres 10001
info@editorialperiferica.com
www.editorialperiferica.com

ISBN: 978-84-16291-51-9
DEPÓSITO LEGAL: CC-240-2017
IMPRESIÓN: Kadmos
IMPRESO EN ESPAÑA – PRINTED IN SPAIN

El editor autoriza la reproducción de este libro, total
o parcialmente, por cualquier medio, actual o futuro, siempre
y cuando sea para uso personal y no con fines comerciales.

*Para Mónica Ramón Ríos
y los Labbé Jorquera.*

*A la memoria de Caries, Ex Fiesta,
Tornasólidos, Triple Turbante
y el Costa Rica Space Program.*

La coreografía necesita de alguien que presencie los movimientos.

Él soy yo.

Él, este otro, ella, tú, ellos soy yo.

Él tocaba la armónica con la nariz, se ponía un pañuelo y soplaba hasta que toda la contaminación de la capital saliera de sus pulmones en un solo color transparente. Tocaba un kultrún en su pecho plano, hacía gárgaras para imitar un arpa.

Pensaba que podría escapar hacia el árbol en el momento que la neblina sucia de la ciudad se le hiciera insoportable.

Yo, en cambio, ahora que no tengo fosa nasal por donde inhalar ni exhalar, quiero que una melodía de arcos y cuerdas y piedras siga cayendo al amanecer, de a cinco dedos, sobre este cuero tensado contra la silla ortopédica.

Encima de la mesa debería haber un animal al sol, no esta pantalla donde cada movimiento de mi pupila escribe un nombre que carece de sonido.

13. CORRECCIÓN

La coreografía necesita público, necesita de alguien que presencie los movimientos. El viento mojado del atardecer cerró de golpe la ventana de la cocina. Ella estaba cortando los puerros en el lavaplatos cuando fue sorprendida por la colisión del marco contra el vidrio; los pedazos se hicieron tira contra el suelo a pocos metros de ella. El sobresalto la hizo girar involuntariamente el cuchillo en el dorso de su mano izquierda. Cuando el cabro chico entraba a la cocina en pijama y con el pelo revuelto –mamá, qué ruido, exclamó su pregunta–, ella se había quedado mirando la forma de esa yaya bajo el chorro del agua como si recordara algo extraordinario que se desvaneció. Un sonido, dos sonidos, un contrapunto, la noche cerrada frente a las olas, alcanzó a pensar. Y luego sólo esa sangre suya que estaba tiñendo el agua del lavaplatos. Se llevó la mano a la boca antes de que la verdura quedara con un sabor malo a ella.

–Anda a ducharte, que vamos a comer luego. Y tráetelo –le ordenó al adolescente.

Diez minutos después estaban sentados en silencio alrededor de la mesa de la cocina. Ella tuvo que acelerar su respiración y abrir los ojos: la yaya de su mano no la dejaba concentrarse, presente en la oscuridad como remedo de una herida anterior sobre la palma de un hombre que en su recuerdo retrocedía ante una concha, ante una botella recién quebrada, llanto y traspiración; ella estaba pilucha sobre la arena curada, caliente. Yo era otra persona entonces, pensó.

–La vida aquí empieza muchas veces –pronunció inesperadamente el vocalista en su silla de ruedas.

Sin solemnidad lo hizo, aunque era una voz que no le pertenecía.

A ella eso la tenía nerviosa: según los doctores era imposible que con su daño neurológico él pudiera hablar, pero por tercera vez en el año eso pasaba durante la meditación. El cabro también abrió los ojos por un instante; con su mamá se miraron, mientras la corriente de aire que entraba por el vidrio roto provocaba que una lejana puerta –la del baño, supuso ella– se azotara. También se escucharon los tres pitidos que desactivaban la alarma de la entrada principal. Era este otro, que venía llegando del estudio de grabación. Entró a la cocina con una bolsa de papel que puso en medio de la mesa y fue hasta el fondo de la cocina. Ella alargó los dedos, extrajo de la bolsa un pan que todavía estaba caliente y lo abrió, mientras buscaba con la vista la mermelada, en vano. Este otro cerró el refrigerador con el pie, se sentó; fue a traer el pote de la mermelada, lo puso junto al plato de ella –le devolvió una sonrisa de agradecimiento– y luego se giró hacia él para ofrecerle un sorbo de la cerveza que tenía en la mano.

Entonces levantó la lata e hizo un brindis:
–Bless Him. I finished writing the bloody score today.

El cabro apretaba un cigarro apagado entre los labios mientras aplaudía. Con su movimiento de manos pasó a llevar la botella de leche que, al dar en el suelo, rebotó y fue a dar contra la mermelada. Súbitamente de mal humor, ella no pudo apartar la vista de la lata de cerveza que estaba cerca del vocalista mientras trataba de limpiar el suelo con una cuchara. Este otro juntó las manos y se agachó con ella.

–Estoy segurísimo de que El Hombre me quiso decir algo anoche –exclamó el cabro.

En su parálisis el vocalista intentó una mueca.

–¿Estuvo bueno el concierto? –preguntó ella.

–Está comprobado que El Hombre es el mejor barítono en la historia de la humanidad, madre. No se le conocen actuaciones imperfectas.

–That's why he's in the bubblegum music.

Este otro se echó a reír con su propio comentario. Ella, en tanto, miraba a su hijo hablar pero no lograba entender qué estaba diciendo. ¿De nuevo estaban hablando en chezungun para jugar a excluirla? Sólo escuchaba las risas y –es absurdo, se dijo, estamos a millas del océano– el ruido de las olas que crecían en la orilla por efecto del viento en la lluvia. Otro chispazo vino a su memoria: el recuerdo de la gruesa arena de la playa que se incrustaba en el interior de sus muslos mientras separaba las piernas, el tufo alcoholizado de este otro en su nuca, el gruñido de él en la oscuridad: déjanos.

–Logré abrirme paso entre la gente hasta la primera fila, creedme. Y heme ahí extasiado, frente a frente con El Hombre, quien modulaba el solo de guitarra final con el vocoder que se ha hecho incrustar en una de sus muelas. En ese instante me ha mirado, estoy seguro. Me ha mirado y me ha querido decir algo solamente a mí, algo que sólo él sabe y que sólo yo he de escuchar.

–My dearest, dearest lad –murmuró el otro con una exhalación–. Do not forget that the intense lights on the stage are there to keep the actors blind enough.

Ella llevó los platos y las tazas al lavavajillas mientras el volumen de la discusión aumentaba. Según el cabro, el hecho de que El Hombre fuera el primer transicionado que diera cifras de venta exitosas a la empresa no probaba nada en contra ni a favor de su refinamiento musical, ni menos entregaba pruebas creíbles para discernir si era capaz de sentir emociones mientras cantaba.

–¿Nunca habéis visto pasar a toda velocidad por una ventana la cara de un desconocido a quien le vais a decir algo importante, una cara que ni siquiera lográis enfocar del todo pero a la cual le tenéis que hablar? Doy fe de que a El Hombre le pasó eso conmigo.

Ella prefirió dejarlos discutir y llevarse al vocalista en su silla de ruedas hasta el dormitorio. Tenía ganas de comprar alguna película qullasuyu para que la vieran los cuatro comiendo postre. Lo ayudó a sentarse en la cama, le trajo algunos cojines desde la sala para acomodarle la espalda. Cuando ella le entregó el control remoto, él se le quedó agarrando la mano, los ojos en esa nueva herida del dorso que apenas cicatrizaba. Tuvo ganas de decirle, de hacerle una, dos, tres veces la misma pregunta sobre esa frase que había balbuceado en el momento de la meditación: si después de estas semanas corrigiendo el libro sobre El Grupo en su pantalla podía nuevamente vocalizar, si algo le había ayudado a enunciar lo que dijo, para qué. Entonces otra puerta se azotó por la corriente de aire que el viento estaba provocando. Otra puerta en la casa. Será la de la entrada, se preguntó ella.

La coreografía necesita melodía, la melodía que ya no puedo escuchar con una oreja.

Él, cabro chico, quería encarnar al joven macho guerrero y no al salvador de la humanidad.

Él quería ser el libertador y no el vocalista de una banda.

Él soy yo, sin embargo. No más. Este cuerpo inservible que alguna vez saltó por los escenarios.

Todas esas vidas se aúnan en esta página y ahora sólo me es posible escribir calladamente con los párpados de lo que no es mentira, al margen de este liviano volumen de ficción autobiográfica que me ponen adelante en lugar de un animal inclasificable que se desangra al sol frente a la vieja, el kawellu y las cabras, la gallina y el árbol, mi hermano y yo.

Yo soy él. El Grupo. No más.

12. CORRECCIÓN

La coreografía necesita melodía. Y la sección de theremines tramó una veintena de voces. Al compás de acordes en el piano, la máquina de ritmo quiso acelerarse y el contrabajo anunció un silencio que fue seguido por la grabación de un teléfono ocupado de fondo. Las luces estallaron con las primeras palabras que pronunciaba la silueta, la figura, la cara sudorosa que emergió del humo. Abría los brazos y se arrodillaba a cantar la canción sobre una mujer que recorrió el mundo liberando animales de zoológico con su comando terrorista hasta que fue capturada y se pasó el resto de su vida en la cárcel de alta seguridad. Esa canción encabezó durante ochenta semanas las listas de ventas comerciales en tiempos en que ninguna foto de El Grupo había aparecido aún en pantallas ni revistas. Un rugido surgió de los cinco mil chiquillos imperiales que se caían de borrachos después de tres días celebrando la elección de la presidenta inmigrante. La mujer que manejaba la máquina de ritmo presenciaba esto desde su rincón en el escenario; los minúsculos pelos de sus brazos se erizaban. Contempló el duro semblante de él fijo en una muchacha del público que estaba a punto de trepar, vio que algo cambiaba en el vocalista cuando ésta se quitaba la polera y la lanzaba a su ídolo como ofrenda, antes de caer rendida en las zarpas de los guardias, aplastada por la muchedumbre, desmayada. Conforme pudo ver aquella prenda entre sus manos, él soltó el micrófono y caminó sin detenerse hasta los camarines, a pesar de los empujones con que este otro lo intentó retener en el proscenio. La polera de la muchacha era azul y tenía estampada una cruz con el nombre del vocalista en lugar del barroco *Inri*.

La coreografía necesita un ritmo, un ritmo que no conmueva.

Él soy yo.

Antes de lanzar diez nombres posibles y falsos, antes de proponer títulos, dilato la pupila para trasponer al principio de este volumen de ficción autobiográfica las palabras de otro:

«Es el libreto de una música y unos diálogos que no se dan, un fuera de texto que sin embargo es lo más importante al momento de leer y no por eso no ocupa el lugar fundamental de la página.

»No sustituye las voces.

»No las previene; no pretende expresarlas ni metamorfosearlas en escritura.

»No es el relato de un itinerario, tampoco un tratado de espiritualidad.

»La coreografía sólo suministra un conjunto de reglas y de prácticas relativas a experiencias que no

se describen ni se justifican, que no entran por completo en el texto y cuya representación no ambiciona de ninguna manera, porque las plantea como exteriores a sí misma en la forma de un diálogo oral entre quien escribe y quien lee, o en la de una silenciosa historia de relaciones entre eso que no se dice y sus dos garantes».

Mientras, estos párpados se cansan.

11. CORRECCIÓN

La coreografía necesita un ritmo. Y la muchacha que después manejó la máquina percusiva de El Grupo le había pedido tres veces en vano a sus padres una batería; se negó a seguir estudiando, las discusiones se hicieron intolerables. Una tarde se dirigió desde la escuela a un paradero y tomó un autobús hasta la ciudad, luego otro hacia la capital y desde ahí otro al puerto. Durante décadas se negó a volver donde sus padres –que la lloraban cada noche– aunque nunca olvidó su habitación en esa casa, la mullida cama de colchas bordadas a mano desde la cual se quedaba observando por horas el cartel en papel roneo donde el remoto vocalista aparecía de frente y de perfil a la vez, su cara maquillada de violeta, los dientes y los ojos morados.

Dos años después lo conoció. Fue en el baño de la embajada, durante una gala en que el padre de este otro era el anfitrión. Ella ingresó caminando por el jardín de la férreamente custodiada sede diplomática como si se tratara del pastizal suburbano donde había crecido; ni los guardias le preguntaron nada ni los perros que protegían el parque circundante la olieron. Este otro no dejaba de mirarla. Él, en cambio, estaba sobre un lavatorio durmiendo la juerga. Ella lo besó, le lavó la cara y le dijo que era su única seguidora.

Años antes ella había viajado de intercambio estudiantil al país del vocalista. Le tocó en suerte una familia que se declaraba sobriamente religiosa desde su casona en la cima de una montaña, a la cual sólo se podía llegar conduciendo y, como ella no tenía licencia, se pasó el tiempo leyendo libros que sacaba de la enorme biblioteca que el jefe de familia mantenía en su despacho privado, junto a una colección de conchas marinas, botellas cerradas y cajones bajo llave. En la televisión de su pieza le gustaba quedarse esperando el programa de videoclips que un canal local transmitía de madrugada. Ahí se quedó aturdida ante la única presentación que se registra de una de las bandas anteriores de él. Aunque eran diecisiete los integrantes, ella sólo pudo fijarse en el vocalista, en sus bigotes, su bikini amarillo y las botas de goma.

La coreografía necesita pausa y movimiento.
    Sólo para quien me observa en esta silla estoy paralizado, no para quien me mira a los ojos y no los encuentra.
    Cuando los abro la frase anterior es corregida.
    Él soy yo, aprende a caminar persiguiendo a la vieja por el cerro donde había árboles cuya especie ya no existe.
    Ella le va dictando un encadenamiento de palabras en la lengua que no puede tener un nombre, para que las olvide mientras se dirige hacia algún sitio y para que las recuerde en cuanto esté detenido. Así, sólo cuando se eche en el suelo boca arriba sabrá si llegó al lugar donde las ramas se anudan entre sí en forma de arcadas, puertas, giros, túneles, miras y brazos.
    Él, que soy yo, se da cuenta, cuando los estallidos lo hacen subirse al árbol y desde arriba encuentra

a la vieja faenada por los disparos de los guardias de la empresa dueña de todo este papel, que no hay tal cosa como árbol, vocalista, baterista, tecladista o bailarín, sino una aglomeración.

No hay majamama ni circuito en esta ficción autobiográfica: sólo esta aglomeración de carne que debe permanecer cerrada en sí misma para seguir viva, terrón de raíces que no pueden exponerse al sol.

Él recuerda ese encadenamiento de nombres propios.

Sabe que yo no los pronuncio, porque entonces los tacharía.

10. CORRECCIÓN

La coreografía necesita pausa y movimiento. Eran las once de la mañana. Caía una llovizna desde el cielo gris; sin embargo ella no tenía frío ahí, corriendo hacia el cementerio del pueblo.

Dos horas antes, junto a la casa de la familia del cantautor, un anciano en silla de ruedas cuya barba blanca le colgaba hasta el estómago había tocado una campana al momento que la aglomeración de gente enfundada en mantas, anoraks, montgomeries y ponchos bajaba la cabeza; una pareja incluso se arrodilló. El aire estaba húmedo y el caserío siempre había sido silencioso. Un perro empezó a ladrar en la distancia. Un niño dio un grito, una adolescente lloraba. Un borracho quebró su cerveza. Otro perro se sumó con un aullido. Veinte minutos después la policía disolvía la trigésimo segunda conmemoración de la muerte del cantautor. Por altavoces anunciaban el estallido de la central nuclear. Debían arrancar. Ella, sin embargo, no iba a faltar a su compromiso. Hace cuatro meses él le había mandado un mensaje desde el puerto, pidiéndole que se reunieran en ese caserío tan al norte. Ahí él intentaría enfrentar su miedo al público; llevaría una guitarra para homenajear al cantautor con un nuevo tema que había escrito después de ocho meses sin proferir una sola palabra.

–Cobarde de mierda.

Ella trataba de mejorar las consonantes blandas con que pronunciaba ese idioma de garganta –de conejos, le parecía– sentada en alguna lápida, mientras empinaba el vaso que uno de los lugareños le había llenado. O quizá esa no era una lápida cualquiera, alcanzó a pensar cuando escuchó:

–You are sitting in His tombstone, love.

Este otro se acercaba caminando por el sendero del cementerio; se lo dijo mientras se sacudía el agua de los pelos cortísimos de la cabeza. Este otro sabía que el vocalista no iba a aparecerse, tenía para tres años más en la cárcel de alta seguridad del puerto; de todos modos le había prometido que encontraría una baterista para la banda.

La coreografía necesita un escenario.

Él, cabro chico, caminaba detrás de la vieja.

Quería tomarle una mano que era como el suelo por donde iban juntos a buscar piedras al volcán detrás del cerro; parecía que podría alcanzar esa mano pero era un puño, no necesitaba que la vieja lo espantara como a un coliwacho para no atreverse a tomarla con la suya.

Yo, en cambio, detenido voy ahora tras la historia de una banda que pareciera hacer de esto algo suave, transparente, blando, pulido, cómodo, la cantidad justa de luz para que las pupilas no se me encandilen y así los párpados puedan colocar en la pantalla puntos, rayas, acentos que todos conocemos y por eso nadie los ve.

Él, cabro chico, le hablaba a la vieja para que se detuviera, para que lo esperara, para que le contara cuál hoja pedir y cuál dejar, cuánta la cocción, cuándo la espera mirando el sol, dónde la noche, los galopes en círculo, la siembra, el recorrido, los golpes en una piel recién tensada, si a él también lo vendrían a ver durante el sueño para darle un nuevo árbol en que poner los pies y correr por las ramas altas.

Él, cabro chico, corriendo en el barrio con su hermano le preguntó dónde habían quedado la vieja, el kawellu, el árbol, las cabras, el barro duro. Su gemelo lo miraba con una mueca y le daba un puntapié a las bolsas negras del pasaje, gruñendo:

«Si lo sabes, para qué preguntas.

»Si preguntas es que no entiendes dónde vivimos ahora, que hay que hablar así para entrar al negocio y conseguir dulce.

»Que hay que moverse.

»Que a la vieja la mataron. Que la vieja se murió sola. Que tu árbol ahora es papel para limpiarte el poto, que a las cabras se las comen los guardias y el barro duro ahora es arena para hacer el cemento de las calles nuevas de la población».

Él, cansado, no podía escribir palabras sin sonido en la cárcel donde lo metieron por matar a su hermano.

Yo, en cambio, cuento con la cantidad justa de luz para que estos párpados descorran una página que ya no está hecha de árbol. Dos enfermeras pagadas me despiertan si me estoy ahogando en el barro duro.

Él, cabro chico, se paró en el camino junto a la vieja que cantaba y bailaba en un movimiento único; aprendió a hacerlo así, sin que le cambiara un músculo de la cara, ni de la boca, ni de la garganta.

Él, cabro chico, alcanzó a darse cuenta de que el barro duro del volcán era de repente un camino, lengua de tierra plana, grava fina para las ruedas y pulcra, bien iluminada por los faroles. La vieja cantaba a la hora en que el tráfico se detenía. Empezaba a llover entonces, de nuevo barro y, desde el barro, algunos terrones emergían rumbo a los árboles; eran cientos de sapos que luchaban por alargar su ciclo antes de que vinieran las ruedas del camión de la empresa con la luz de la mañana.

Él, cansado, podía escuchar a la vieja:

«Puedes seguir haciendo lo que mi propia vieja y la vieja de mi vieja, y la vieja de su vieja, y las viejas y viejos de ellos, y los más viejos, y las viejas de los más viejos, pero este lugar donde lo hacían no va a seguir estando.

»Eso no significa que no puedas pisar más el árbol, ir por la sangre de los pájaros ni saltar de las ramas altas a donde haya un volcán, incluso si te quieren hacer creer que queda puro cerro de grava, que el agua pertenece a un gallo nomás y que tú eres sólo la silla donde lees, la faja que te mantiene erguido y la pantalla de vidrio luminoso que te cambia los párpados a palabras que no pueden mantener secreto alguno.

»El Grupo es donde tu Grupo se ha parado».

Yo, en cambio, duermo y corrijo sin cerrar los ojos.

9. CORRECCIÓN

La coreografía necesita un escenario. Por entonces, este otro había cumplido catorce. Su madre lo llamaba con insistencia desde una de las suites del hotel, gritándole con entusiasmo fingido que viniera, que las olas del mar frío se habían convertido otra vez en babosas negras y enormes que se abalanzaban chorreantes contra la costanera, devorando a los locales. Este otro murmuraba insultos que aprendía de las películas.

Esa madrugada había despertado con una melodía en la cabeza, dos líneas de bajo en corcheas y redondas que lo llevaron a desenfundar su teclado, anotar las notas y someterlas repetidamente al arpegio automático. El embajador, furibundo, abrió la puerta, caminó hacia la cama y le quitó el teclado de entre las manos mientras le preguntaba con su voz siempre monótona si no le daba vergüenza haber despertado a su madre, quien probablemente no volvería a dormir en toda la noche. Este otro se quedó a oscuras frente a la ventana, rabioso, escupiéndole a esa cabeza que apenas se formaba en el vidrio contra la oscuridad y la lluvia, imaginándose que estaba frente a la figura del embajador. Pero era su propio reflejo, y eso lo enfurecía tanto que estaba decidido a usar los calzoncillos nuevos que su madre le había dejado en el cajón para limpiar con ellos la salivadera. No lo hizo. Solamente abrió la ventana, se quedó observando el océano por largo rato y llegó a pensar que sí, que las olas, en efecto, parecían babosas que aprovechaban la lluvia para salir impunemente a devorar a quien se asomara por la costanera. Se enfurecía porque a su madre se le había ocurrido lo mismo horas antes, qué falta de originalidad la suya. El embajador lo sacó de las especulaciones a las ocho de la mañana, los dedos sobre sus hombros mientras le hablaba. Este otro sólo vio que movía la boca, pues había subido el volumen al máximo. Se largó a reír. Su padre le sacó los audífonos de una sola cachetada. Que lo escuchara bien: tenía treinta minutos para ducharse, afeitarse y vestirse. El traje estaba sobre la mesa. En treinta minutos, repitió, pasaría a buscarlo el chofer y lo llevaría a la ceremonia en la iglesia. Con su madre debían irse antes. El embajador era buen amigo del general.

Este otro se encerró en el baño hasta que sintió que los padres se marchaban con un portazo, tras haberle dado instrucciones por más de cinco minutos desde el umbral. Buscó un paraguas, tomó la llave de la suite, caminó por el pasillo, abordó el ascensor, salió al primer piso del hotel. Pidió un corto en el bar y se sentó en un sillón de cuero que había en la esquina, desde donde se dispuso a observar la lluvia que caía sobre el litoral mientras fumaba un grueso cigarro que había encontrado en una maleta. Detrás de la barra dos meseros se miraban sonriendo, desde sus bocas no se escuchaba palabra. En el centro del restorán un extranjero le decía a su acompañante local que no, que nadie ni nada le obligaría a hablar en una entrevista sobre su pelo negro, esas canas que le habían costado tantos gritos décadas atrás. Luego comían mariscos por largos minutos, en silencio, interrumpiéndose solamente para elogiar la calidad de lo que bebían.

Mientras observaba con inquietud a través de la ventana que las olas ya poseían la vereda al otro lado de la calle, al mismo tiempo que un eco lejano le preguntaba de qué color era el océano, este otro iba escuchando nítidas en su cabeza las cuatro líneas de bajo que en su teclado había convertido en base rítmica, a la que añadió de repente un sintetizador monofónico, un xilófono y un rasgueo, más cuatro coros góspel en el estribillo y la melodía grave de una guitarra de doom-metal. Y comenzó a escuchar ciertas palabras, la misma letra que quince años después daría inicio al primer disco de El Grupo; comenzó a escuchar una letra, sí, pero no la voz que la entonaba. ¿Cómo era posible eso?, alcanzó a preguntarse cuando, desde la otra mesa, los turistas lo interrumpieron a los gritos de más vino, más mariscos, otro cenicero.

Se hacía difícil entender si afuera estaba cayendo un aguacero o si había una neblina densa, hasta que apareció arbitrariamente la luz de un farol. Este otro pudo notar que un taxi se detenía en la vereda y que de su interior bajaba una muchacha. Los brazos de ella sostenían apenas un peluche enorme, empapado por el mal tiempo. Este otro se levantó, agarró el paraguas y corrió entre las mesas, a través del pasillo, por la recepción del hotel, más allá de la vereda y a la calle entre los autos que se acumulaban tras el taxi. Bajo el diluvio y en medio de los bocinazos no logró encontrar a la muchacha. Seguramente había entrado en uno de los edificios que circundaban la avenida, desesperó. No alcanzó a quitar la vista de los edificios cuando un tipo en ropa deportiva chocó con él. Los dos estilaban. Cada uno se tragaba una disculpa rápida, se devolvían movimientos de cabeza. Entonces el tipo transpirado le quitó el paraguas de la mano y se fue corriendo, justo cuando vino la ola a reventarle encima a este otro.

La coreografía necesita un libreto. Él no es este otro. Ella viene ahora con su taza de té en la mano y me toca el pelo igual que va con un vaso de vino y abraza a este otro en la cama.

Yo, en cambio, busco anotar una frase de contratapa para esta ficción autobiográfica si la mañana entra por el vidrio, me da en la cara y me encandila como a la gallina ciega que revolotea lejos de la fogata y se queda cual piedra iluminada por el camión que trafica de noche en el camino de barro duro:

«Este libro no es una historia de excesos, traiciones, compañías, abandonos, alianzas, accidentes y reencuentros.

»El Grupo no empieza cuando se conocen sus integrantes, sino cuando cada cual reconoce por primera vez que es instrumento de quien toca».

Yo soy él. No soy este otro. Mi hermano no murió cuando lo corté, la cárcel no empezó en el momento que fui a entregarme ensangrentado en la tercera comisaría del puerto. El volcán no se vuelve cerro aun si un milenio de negocios consume sus faldas. La vieja los dejaba arrancarse a la ciudad con los cabros pero sin las cabras; esa noche, de regreso, las gallinas estaban colgando desangradas y en la mañana encontraron al kawellu charqueado sobre un montón de grava. Al final vino la empresa de papel y cortó, entre otros millones, su árbol; se trataba del árbol de él, pero no del árbol de su hermano, que hasta hoy adorna el jardín de nuestras oficinas.

Él, estrella, pagó para convertirse en el dueño de esta empresa y de tantas otras: por justicia no tengo ya mano sobre la corteza de un árbol sino las pestañas contra la superficie de una pantalla de vidrio. En esa ciudad donde él y su hermano crecían, no crecía nada. Corrían furiosos por las calles hasta que uno de ellos vio por primera vez el mar, hasta que uno de ellos tocó por primera vez la nieve, hasta que uno de ellos olió por primera vez el bosque. Entonces su hermano también tenía que morir.

Yo, en cambio, me dejé cortar repetidamente por la sierra eléctrica en escenarios de todas partes que, sin embargo, eran idénticos entre sí: luces por la cara mía, por las manos de este otro, por el torso de ella, por la ingle de los dos bajistas; por los pies de cientos de miles que estaban ahí bailando con nuestro vapor, nuestras proyecciones.

Él soy yo, sin poder ya para darle la espalda al humo, a la pantalla.

Él, cabro chico, se detenía frente a la lengua de tierra por donde pasaban los camiones con guardias, cascos y ráfagas en busca de la vieja. Él, estrella, permanecía al borde del escenario. Manos contra la nuca, sostuvo un grito para el cual no era necesario mover un solo músculo de la cara y que al mismo tiempo contraía los de quienes escuchan. Como su árbol iba a caer. Yo, paralizado, corrijo esta autobiografía:

«Ella importa tanto como este otro, como los dos bajistas, como esa aglomeración que llamamos público porque está encandilada, como la vieja que desaparece detrás de los cerros rumbo al volcán».

El Grupo soy yo también. Es mi tierra si ya no puedo estar ahí; una tierra mía que no está hecha de tierra, ni de metal, ni de papel, ni de vidrio.

8. CORRECCIÓN

La coreografía necesita un libreto: Cueros fue oficialmente conformado durante el verano de 1986 en un patio de la capitalina comuna de La Florida por dos gemelos, hijos de un linotipista imprentero y una enfermera del hospital José Joaquín Aguirre. Por la radio eran los tiempos del rock latino, pero los mellizos no escuchaban los éxitos de Upa!, Soda Stereo y GIT, sino los caset que les enviaba un amigo de su padre exiliado en Estocolmo con canciones de Chameleons, Television y Cocteau Twins.

Por entonces su hermano conoció en el liceo a la Sara, su futura esposa, hermana de un artista performático de la época que una década después se convertiría en escenógrafo de las teleseries nacionales. Pronto los mellizos se volvieron asiduos al Garage de Matucana, donde escucharon a los Electrodomésticos, a Viena y a La Banda del Pequeño Vicio. La primera grabación de los gemelos fue en el minicomponente de la casa, con él en guitarra y primera voz, y su hermano en bajo y armonías vocales, reemplazando el pulso de la batería por la caja de ritmos de un teclado de juguete que pertenecía a una primita de de la Sara. Durante el siguiente año y medio Cueros tocó tres veces en el Garage de Matucana, con la Sara en flauta dulce y el Igor Rodríguez –de Aparato Raro– en sintetizadores como invitados ocasionales. Dos de las canciones que habían compuesto en ese período fueron grabadas profesionalmente e incluidas en el compilatorio *Nuevo rock nacional, volumen 4*, del sello Alerce.

Alerce les propuso grabar un caset completo. En octubre de 1987 *La pieza de la Sara* fue distribuido en dos disquerías pitucas de la época, donde inesperadamente fueron vendidas trescientas copias, sin otro apoyo comercial que el boca a boca. Un manager del que se desconoce el nombre les ofrece representarlos. Ya alejados del Garage de Matucana, en el verano de 1988 los mellizos incorporan al Arturo Soto en la batería y al argentino Clemente Ferlosio en los teclados, con quienes tocarían en diversas discotecas del litoral central, para terminar en el segundo Festival Free de Bellavista, donde comparten escenario con Aterrizaje Forzoso, Lambda y, de fondo, Los Prisioneros.

Una gira por Argentina a finales de ese año coincide con la rotación en radios bonaerenses del segundo single de Cueros, *En el techo*. La revista

Cerdos y peces los nominó en su lista de Canciones del Mes. Estuvieron de gira durante cuatro meses por las provincias trasandinas y cruzaron otra frontera para un concierto en un bar de Foz do Iguaçú. Durante los meses siguientes el Arturo Soto deja la banda y el vocalista conoce en Brasilia al Dudú Branca, percusionista de fusión que por entonces toca con el John McLaughlin, mientras su hermano contrae matrimonio con la Sara y asume labores de producción para Sony Music de Argentina.

En abril de 1991 Cueros edita con Alerce el EP *La escalera de J*, cuya despojada portada verde –como señal de la reciente conversión del vocalista al rastafarismo– fue reemplazada a última hora por una fotografía de Copacabana en verano. Ningún álbum de Cueros, tampoco de los posteriores Sismos ni Jim Nace, incluyó más datos que los créditos de producción; de los gemelos existe sólo un diminuto retrato monocromo que los especialistas reconocieron en el collage que ilustra el reciente compilado electrónico de grandes éxitos de Gymnastics. Un segundo EP, de julio de 1991, sería la última grabación de Cueros: *Las fotos reveladas*. El 26 de agosto firman por dos discos con EMI Odeón Argentina y graban una presentación en vivo del single *Labiales y velas* para el programa de televisión «Undercriollo», de UCV-TV. Pese a la variedad de citas rítmicas y melódicas en sus canciones, que según la crítica musical argentina confunde al público –la psicodelia británica sesentera, el gospel gringo y la New Wave, pero también los ritmos jamaicanos, la chicha peruana, la old school del Hip Hop de la costa Este, la tropicalia brasileña, el pop soleado de los Beach Boys, la música ceremonial pewenche, el postpunk industrial, el ambient, las anticuecas de Violeta Parra y el jazz de Bill Evans–, sin duda Cueros habría alcanzado una síntesis musical enriquecedora para el pop meridional de las décadas siguientes de no haber sido por esa noche fatídica del 26 de agosto de 1991, cuando el vocalista apuñaló a su hermano.

La coreografía necesita simultaneidad. Cierro los ojos y lo repito continuamente en silencio porque no tengo laringe, ni labio, ni paladar con que cantar una palabra que se esconda.

Él, en su cárcel, entendió que la mejor manera de afeitarse, de mirarse a los ojos, de sacarse pelos y buscar comida no era con espejos, que estaban prohibidos; con sus puntas habían desangrado a un guardia y cavado un túnel. Él, en su cárcel, aprendió a mirarse contra los vidrios.

Yo, paralizado, parpadeo y no tengo sueño. Muevo la pupila, no hay ya un ngürütrewa al que seguir por la ladera con la mirada mientras espero el momento de robar el kawellu y traérselo a la vieja atado, furioso, coceante, idéntico a ella, para que le saque pelos de la guata, para que lo escuche relinchar de orgullo, para que reciba su hocico en la pierna en vez de mi cuello y lo deje.

Él, en su cárcel, veía los cerros a través de los vidrios. Supuso que el sol daba azul en esas laderas porque había un agua enorme enfrente, que el océano estaba tan cerca de ahí. El castigo entonces era que pudiera entender cuando le hablaban de la mar, que lo dejaran llegar hasta la ventana a vigilar su reflejo, pero que ningún vidrio ahí diera a la costa. Él nunca había visto el mar ni la mar; a los que venían de a cuatro a violárselo les decía que su lugar estaba en la ventana y que no se iba a mover.

Yo, en cambio, me quedo ante un vidrio que no es transparente. Un vidrio que me devuelve correcciones si no dilato la pupila, que abre ventanas nuevas donde no aparecen cerros ni lo que está tras los cerros cuando parpadeo tres veces seguidas, que avisa mi necesidad de lágrimas artificiales si se refleja ahí una vena en mi glóbulo. Ella viene y veo sobre el blanco de la pantalla que me da un beso, que me pone la mano en la nuca, que me canta en su idioma insular.

Yo, en cambio, borro eso que se queda en el vidrio.

Él, en su cárcel, defendía su lugar junto a las ventanas porque había visto que ella pasaba caminando, adolescente, por uno de los cerros. Durante un mes ella entraba por la misma puerta. Aparecía en el mismo balcón de un piso superior, se apoyaba en el borde y se quedaba mirándolo de vuelta; más atrás, sobre la pared del fondo de esa pieza en la residencial, podía divisar también un cartel con la cara de este otro y el nombre de una banda, su banda.

Él, en su cárcel, defendía su lugar junto a las ventanas donde alguna vez apareció ella y quebraba a patadas los vidrios en que su hermano volvía a verlo.

Yo, en cambio, me quedo frente a esta pantalla blanca. Dejo que lo que mis párpados anoten sea corregido sobre una superficie suave, acogedora, pulida, ni corteza ni azogue ni cristal:

«Él soy yo. El Grupo empieza donde termina la pareja que todo este tiempo formamos la vieja conmigo, mi gemelo conmigo, ella con este otro. El Grupo termina donde empieza la pareja».

Corrijo y me dejo corregir.

Él, en su cárcel, escribe con el dedo en el vidrio empañado antes de que lleguen los guardias, antes de que lo agarren entre cuatro por haber quebrado la ventana. Yo soy él y parpadeo sin parar hasta que se me hinchan los ojos.

8. CORRECCIÓN

La coreografía necesita simultaneidad. Durante el primer vuelo, ella y él en ningún momento se soltaron las manos, aun cuando el productor le alcanzaba un vaso de jugo de piñón a ella y él, con su pie desnudo, le hacía cosquillas para que lo soltara. Tampoco lo hicieron cuatro horas después, ya de noche, cuando ambos se levantaron para encerrarse en el baño mientras los bajistas gritaban bromas picantes y este otro, haciéndose el dormido, alzaba el volumen del último álbum que la compañía le había cargado en su aparato. El ánimo general fue muy distinto ciento cuarenta y cuatro horas después, cuando este otro, de traje y corbata, y él, en pijama, cada cual conectado desde sus habitaciones, terminaron de mezclar la última pista del disco y dieron el sí ante sus respectivas cámaras; entonces se abrieron las puertas selladas al vacío del estudio de grabación y los restantes tres músicos de El

Grupo escaparon rápidamente hacia los parques, al borde de los canales de la ciudad.

Ella se desabrochó el primer botón de su abrigo negro y caminó. Se detuvo en un puente cuyo nombre no era capaz de pronunciar, puso las manos en la baranda y el frío del ladrillo la sobresaltó. El viento le revolvía la melena. Apoyó los dedos sobre el estómago, las nubes entraron en su campo de visión, las aves pasaron volando a lo lejos, el viento volvió a soplar cálidamente al momento que las campanas de una iglesia a sus espaldas empezaban a confundir el aire. Jamás iba a ser el juguete de él, como la había llamado este otro la noche anterior, ebrio, al ofrecerle la enésima pastilla, después que le declarara su amor una vez más. Entendió que los seis días de grabación del segundo disco habían sido un montaje. Para ser vocalista es necesario mentir, solía decirle este otro de madrugada, cuando regresaban desde algún concierto, él manejando la camioneta o en el metro. Cuando sabía que ella le estaba poniendo atención, añadía: eres tan linda. Ella se mordía la lengua, entrecerraba los ojos, observaba a la gente; cada cierto tiempo veía en alguien la forma de caminar del vocalista, sus peinados extravagantes, porque conversaba gritando o porque estaba doblado en el suelo sobre sí mismo, tocando la armónica con la nariz a la salida de alguna institución de beneficencia imperial. Entonces ella respondía en voz baja, en su idioma insular: no me digas que soy linda. Ahí, mientras repiqueteaban las campanas de alguna iglesia, ella olvidó las cincuenta y tres veces que el vocalista le había hecho repetir la base inicial de la tercera canción, el tono despectivo en su voz, la ocasión en que su puño huesudo golpeó el panel transparente –con tanta fuerza que la superficie onduló como una sábana– porque ella había perdido el compás en la intro de la suite final. Él no se quiere a sí mismo, sólo a sus antepasados, le repetía la voz de este otro en su cabeza, y el sol en la ciudad se había escondido de repente para que el azul de los canales y el rojo de los ladrillos fueran superficies de acero. Pero si sus ritmos serían retocados por este otro en el estudio, ¿para qué estaba ella en El Grupo?

Se desabrochó el segundo botón, se metió las manos a los bolsillos y encontró ahí un chocolate con hongos. Se echó tres cuadrados a la boca. Una monja se sentó a su lado y le sobó el muslo para luego decirle que el amor es uno solo, aunque sus formas varían como las nebulosas y las constelaciones se reflejan apenas en el canal si hay buena noche. Ella se rió y la monja se puso de pie, ofendida. Esa noche el viento se había detenido, alcanzó a notar, luego las calles se alargaban hacia los costados. Su piel ahora era el pasto de ese parque donde se había acostado, aquellas luces que podía verdaderamente tocar desde el suelo con la mirada. Había perdido uno de los botones del abrigo, lo encontró en su boca. Él no era él. Ella estaba llorando y podía apenas balbucear cuando los bajistas la recogieron.

Dos horas después aceptó una cerveza en el club y al beberla se mejoró. Fue recobrando cierta sensación de cuando sus padres celebraban algún aniversario en el suburbio con familiares distantes; ella, de pocos años, se internaba entre las piernas, oía un ritmo que la arrebataba, manos hechas de música la tomaban de la cintura y la hacían bailar sobre una mesa donde ya a nadie le importaba que los platos y los vasos cayeran al suelo. Los primeros compases cardíacos, guturales, amortiguados de dos bajos y una batería programada sacudieron el club, ella se bebió su cerveza de un trago y se sumó a la eufórica aglomeración de la pista. Entre sus propios alaridos reconoció una voz que le hablaba: este otro intentaba bailar a su lado. Se rieron. Supo que ese pulso que la había llevado a la pista, esa voz que hacía bailar a tanta gente, era la tercera canción del disco de ellos. Cuando una docena de adolescentes los rodeó con su baile y sus pelvis, entendió que habían trabajado poco tiempo y sin embargo ganarían mucho dinero, que por tal motivo El Grupo no podría existir, que vivirían lejos.

La coreografía necesita contrapunto. Cuando cierro los ojos puedo ocupar ciertos nombres en esos innumerables idiomas en que fui grabado, pero cuando los abro soy incapaz de transcribir parpadeando en la pantalla uno solo de sus sonidos si antes no viene ella y con la primera luz del alba me lava el paladar con sus propios dientes recién limpios.

Él, cabro chico, corría hasta la boca del río donde nadie iba por miedo a la pancora y al cuero para ensayar encadenamientos largos de sonidos que rivalizaban con las voces chinchosas del agua en cada piedra, con el reclamo del piurrín al sol que se va, con el aleteo del matapiojo, con la crispación del abejorro, con la palabra cantada que la vieja y nadie más podía dejar salir en su escalada al árbol.

Él, corriendo por el barrio con su hermano, rayaba encadenamientos largos de sonidos sobre las paredes de las fábricas en colores que no habían visto antes, ni siquiera cuando la neblina anunciaba mal el amanecer tras el volcán; aun así, unas horas más tarde los nombres se hacían grises, sumados a la ciudad, a su mugre de aire, a su cemento de barro duro. Entonces su hermano le daba un pancorazo y lo obligaba a cantar con los músculos inmóviles mientras pintaban la sarta de firmas incomprensibles, a la espera de poder usar las hondas en los ojos de los guardias que se asomarían entre sirenas y linternas.

Abro un solo párpado, así la pantalla no puede corregirme: la autobiografía de El Grupo es una historia de gritos y amenazas, pero no hubo un solo disparo.

Él, cantante, suspendió un concierto en un teatro de marionetas, reyes, millonarios, ejecutivos y otros farsantes cuando los guardias apalearon a un fanático que intentaba pasarse al escenario. Él, estrella, escupió los pies de los productores que le preguntaron por qué se recogía en la noche si era del sur. Él soy yo. Yo nunca he rezado, pero sí le agarré las manos al fanático, a la vieja, a las cabras, a los bajistas, a ella, a ella y a este otro ebrios en la cama, en la playa calurosa, tres éramos cuando amanecía y ella dijo en su idioma insular que nos habían robado la ropa, en voz baja propuso que mejor fuéramos a buscar hojas entre los arbustos y en vez de eso encontramos un conejo que se escapaba de su wachi.

Ella me llama con la palabra que digo cerrando los ojos.

Él, queriendo pegarle, lloró frente al mar por primera vez con ella.

Él, cantante, abría cada dedo de la mano y abría los brazos y abría el pecho y abría la guata y abría las ingles y abría las piernas y abría cada dedo de los pies antes de abrir los labios.

Él, en su cárcel, se levantaba antes que el sol para poder pronunciar en secreto, pero cierta vez venían llegando unos cuatro de cualquier entrevero en el pabellón y lo encontraron frente a la neblina de la ventana con los ojos cerrados.

Él, en su cárcel, logró girar hacia adentro y formarle una punta a la exhalación del último sonido, boca casi cerrada donde las ramas azotaron el paladar cuando una patada de esos cuatro le quebró la nariz. Ellos no supieron que lo ayudaban a amplificar ese silbido sin boca, que la sangre iba a ser un hilo por donde podría irse a lugares encumbrados aunque lo vieran en el suelo con espasmos, vidrio en el cuero cabelludo, dedos de las manos abiertos, dedos de los pies doblados.

Él, en los brazos de ella, pidió que no lo despertara cada vez que abría la boca sin gritar en el sueño. Ella sabe que él duerme poco, que cierra los párpados para buscar el sonido de un encadenamiento de nombres capaces de despejar los rumores que lo hacían contonearse en el escenario instalado sobre distintas tierras de colores que él y su gemelo nunca habían visto, ni entre la neblina ni en el humo. Ella sabe que puede hablar por él, aunque lo haga en el idioma de la isla y en el idioma de la península, en la lengua de los conejos y en la lengua de los kawellus, en el rumor de las pantallas y en el rumor de los libros. Ella le toma las manos y no dice que las halla heladas, le rajuña un poco la nuca y le chupa las pestañas; luego vuelve a la cama y deja que este otro la abrace.

Yo, en cambio, me quedo frente a la superficie pulcra con los párpados firmes en busca de una palabra adecuada que no sea autobiografía.

7. CORRECCIÓN

La coreografía necesita contrapunto. Sentado en una banca de la plaza, este otro escuchó cómo las voces del coro arreciaban al interior de la catedral en el instante que los ocasionales goterones dieron paso a la lluvia. Abrió los ojos y se armó de valor para ponerse de pie, para caminar abriéndose paso entre la decena de muchachos con pelo rapado, trenzas y tatuajes que comenzaban a insultar a los policías de las barreras conseguidas por la viuda gracias a su amistad con el alcalde.

Antes de entrar al funeral, este otro se arremangó por reflejo la camisa blanca que llevaba. Las letanías del obispo lo adormecieron y ahí, entre cirios, elegías y pañuelos que se alzaban hacia párpados y narices de ancianos respetables, senadores y diplomáticos –sin duda parientes de la viuda y no de su esposo, el mentor–, este otro pudo dormir profundamente por primera vez en diez días, y así ignorar la evidente hinchazón en falanges y tendones luego del exigente régimen de ensayos a que había sido sometido en las últimas jornadas. Postrado en su cama, desahuciado, el mentor le había dado instrucciones para la interpretación de cada una de las doce canciones, mientras sostenía apenas el peso del órgano de tubos y del secuenciador de transistores, del grabador de ocho pistas y del mezclador análogo, arriesgándose a que el aparataje se enredara con la sonda que lo terminaba de alimentar contra su voluntad, obstinándose en grabar el último acorde de la trigésima grabación del Proyecto de Banda.

Este otro escuchaba la suite que cerraría ese disco final como una letanía repetida en la treintena de voces que se elevaba desde la catedral cuando el obispo despedía al mentor, dijo, de su paso por esta tierra. Luego el mentor volvía a estar vivo, aun agonizante, en su cama, mientras este otro, sentado a su lado, disfrazaba los pulsos de los monitores con una improvisación a partir de un andante en guitarra acústica porque sabía que el mentor –así como se alimentaba solamente de vegetales y no bebía alcohol, así como no ingería fármacos ni trabajaba con otros músicos hasta que este otro, de diecisiete años, entró a trabajar como su cocinero y se las arregló para ganar su confianza como guitarrista; así como cada mañana hacía su práctica, cada mediodía se recluía y cada noche renunciaba al sexo– no escuchaba otra música que la de Bach, la de Fela Kuti y la de Felt. La piel azul del mentor se le volvía borrosa, el sueño se le llenaba de bruma pero no la figura de esos ojos enfermos, en los cuales este otro distinguía un velo cuando se enteraba en boca de los médicos que no podría completar la obra del Proyecto de Banda, que no alcanzaría a completar las trece canciones del trigésimo y último disco que clausuraba el ciclo con la música de una biología posible tras la práctica metafísica; en esos ojos había satisfacción, porque por fin terminaban los dolores de la enfermedad.

«En su Presencia», repetía el obispo.

La frase iba a permanecer durante la escucha soñolienta de este otro en la catedral, cuando lo sacudió el descubrimiento de que un hilo de baba corría apenas perceptible desde su boca. Dios, pensó en su idioma insular, ¿en qué momento se me ocurrió arremangarme la camisa con este frío? Entonces, mientras el antiguo órgano marcaba los pasos lentos de los familiares de la viuda, que a través del pasillo de la catedral cargaban el ataúd de aquel cuyo Proyecto de Banda había estado tres veces en el número uno de las listas comerciales con su primer disco, mientras sus fanáticos tardíos presenciaban con perplejidad la procesión desde los últimos asientos de la catedral, y mientras los periodistas alzaban sus cámaras fotográficas por sobre la turbamulta, este otro entendió el acto reflejo que lo había hecho arremangarse la camisa antes de entrar al funeral; se había olvidado de cuando el embajador le contara por teléfono que su madre lo había abandonado para vivir en la montaña con un misionero de la guerrilla: como estaba lavando los platos mientras sostenía el auricular entre hombro y oreja, se había subido las mangas de la camisa. El frío del agua corrió por sus brazos junto a la certeza de que no volvería a verla.

En la puerta de la catedral se habían desatado los empujones de la policía a los pocos cabezas rapadas con trenzas que protestaban contra el inminente entierro del mentor en un cementerio católico. Les parecía una afrenta al marxismo reichiano que declamó en la quinta entrega del Proyecto de Banda, el disco doble de portada tornasol, y gritaban consignas contra el nuevo contrato para reeditar su discografía, revelado por la viuda en una entrevista televisiva esa mañana. Desde una esquina de la escalera, tras el cerco policial, a través de las sirenas, entre los reclamos de una autoridad eclesiástica, sobre las cámaras y en medio de la masa creciente de mirones que no se acercaba desde la plaza, el otro fijó su atención en el muchacho grueso que escupía a gritos en otro idioma más. Era el vocalista. Recordó la rabia inmovilizada en los ojos del mentor cuando fue incapaz de tocar un ritmo sincopado en su guitarra. Se apuró hacia la carroza funeraria, sin importarle ya que la viuda, el sello multinacional, la policía militar, los cabezas rapadas, el club de seguidores y las iglesias se opusieran: había decidido que terminaría por su cuenta el último disco del Proyecto de Banda. Grabaría y mezclaría esa misma noche las trece canciones que había vislumbrado en su ensueño, las trece estructuras, los trece ritmos, los trece arreglos, los trece títulos, las trece letras y los trece contrapuntos suyos que había oído ahí en el adocenamiento como si fueran los del mentor, un segundo antes de que el piedrazo le alcanzara la sien.

La coreografía necesita acumulación y yo, por el contrario, estoy paralizado frente a una pantalla libre de fallas, de challa, de rayas y de arañas.

Él, cantante, se quedaba cerrando los ojos y alerta la piel al momento en que la voz le viniera de la guata; erizado, recibía las corrientes de El Grupo, dejaba de oírlo cuando sin mirarse siquiera este otro con ella y con los dos bajistas y el tecladista pagado no repetían los compases, sino que empezaba a tramar cada cual una variante que a él, en su cárcel, le hacía pensar en el movimiento de las raíces en el momento que el sol sale.

«No, una hoja no es igual a otra hoja», pronunciaba apenas la vieja si él se acercaba mucho al árbol.

«Cada vez que el sol ilumina más antiguo, más grande o más diminuto se hace el tallo, el concho se evapora y se nos hace lluvia.»

El camino se despejaba al momento y él, cantante, sacaba la voz para que ella con este otro y con los dos bajistas y el tecladista pagado se llevaran, entre sí, lejos lo que salía de sus manos. Yo, en cambio, me puedo sostener respirando apenas con fuerza y parpadeo. Ya no tengo con qué tironearme la ropa para que me respire el cuero y conseguir según El Grupo un pulso por el cual centenares de otras personas habían puesto la poca comida que tenían en nuestros platos, donde nuestras patas peladas se apoyaban y desde ahí dentro se impulsarían hacia todas partes, gota a gota, recoveco con suspiro, movimiento, aglomeración.

Yo soy él, acumulé lo suficiente como para poseer una silla de ruedas. Y él, cantante, se dejaba caer en esa aglomeración que no esperaba sino desintegrarse para volverse a componer si nadie lo pedía, que había decidido pegar sus propios puños a las plantas de El Grupo. El rumor de su tronco era que no se caería del árbol que trepaba ni por la lluvia ni por la nieve ni por la sierra eléctrica; el rumor era el grito extremadamente grave de eso que no tiene nombres ni los tendrá porque no ha sido cerrado ni abierto en párpado, aglomeración que cuenta la historia de El Grupo. Ante el grito de él decidían bailar, dejarse mover por otro pulso, rumor y vibración de sus propias bocas. Una sola aglomeración corrió al centro de su propia cancha, se desbandó, cayó al suelo en el estadio, pero entre sí no se pisoteaban a menos que fueran guardias.

El Grupo bajo el escenario soy yo.

Ella con este otro y estos otros con los otros soy yo: árbol que era pura raíz, mancha azul en el terreno que parecía eriazo, lago que se filtraba en la roca abierta por un fuego sin llama, agua roja helada para quien aguantara tomarla, mano en la noche dentro de las bocas de ella y de este otro. Él, cantante, acostado, echando vapor por todo el suelo, entendió de repente cuál era la palabra que desde la aglomeración danzante le había venido; no el de su gemelo ni el de este otro ni el de la vieja, no la piedra que había conseguido en la selva cuando al envejecer le habían quitado de encima una piel enteramente picada por los insectos: era el nombre suyo en un idioma que nunca podría pronunciar.

Yo, en cambio, espero que venga ella y se me frote de madrugada, justo antes de que en la calle empiecen a oírse motores. Estos párpados quieren empujarla y, cuando cierro cada uno en distintos momentos para abrirlos inmediatamente, la pantalla asume que estoy borrando cada personaje de la autobiografía hasta que, agotado, cierro los dos ojos y toda corrección se revierte.

7. CORRECCIÓN

La coreografía necesita acumulación. Johann Sebastian Bach, el organista y compositor barroco, es considerado el músico más influyente en los manuales de música occidental no sólo por la escrupulosidad técnica de sus trabajos, sino también por la vastedad de sus composiciones. Lawrence Hayward, líder y alma del conjunto Felt y que no aparece en catálogo musicológico del siglo xx alguno, transitó desde el postpunk de garage hasta el jazz lounge y el ambient, con estaciones en la new wave y el folk, mediante un conjunto acotado de canciones. Estos dos artistas de obras entre sí remotas, inesperadamente confluyeron en las armonías de Proyecto de Banda durante los años 80 y 90. Inspirado en el proyecto de su amigo y rival Lawrence, al límite entre la ritmicidad de Felt y la aspiración de infinito de Bach, el mentor planificó una obra musical que exploraría en doce años y doce discos los doce eslabones que para él constituían la cadena de la vida, impávido ante las sucesivas acusaciones de olvido de sus raíces, de antroposofismo, de arte por el arte, de gnosis y conservadurismo sexual que marcarían tardíamente la recepción de sus discos. Su enfermedad lo obligó a alargar la ejecución de su obra de doce años a trece, número cargado de interpretaciones, aunque poco cercano a la simetría que buscó.

En su primer lustro, Proyecto de Banda pareció que conseguiría un público amplio, a medida que las listas de ventas elevaban sus tres debuts y los medios imperiales se complacían en inconducentes comparaciones entre sus conciertos y los de músicos progresivos que en décadas anteriores recaudaran millones en los estadios. A medida que los años fueron pasando se hizo más relevante en la música popular su fundamental tensión entre crudeza y artificio; los pasajes acogedores de sintetizadores y las atmósferas de guitarras se enfrentaban a la explosión, el bombo y el grito, de manera que el mentor fue convirtiéndose en un músico al que sólo los institutos contraimperiales de conservación invitaban a actuar. Los penúltimos discos de Proyecto de Banda fueron publicados por sellos de música docta comunitaria; no hubo más conciertos ni ventas, el mentor se encerró en el estudio y a ningún periodista le interesó saber por qué. Su muerte vino a cambiarlo todo. El año anterior había sobrevenido una inesperada sucesión de famosos combos de baile que explícitamente lo reclamaban como modelo musical y esa pretensión de autenticidad establecería el valor supremo de una nueva estética imitativa. Los clubes continentales repetían incesantemente las nuevas versiones electrónicas bailables de algunos himnos de Proyecto de Banda, hasta que las radios de música pop incluyeron en sus rotaciones los sencillos del segundo disco de El Grupo, en sí un homenaje y al mismo tiempo una ruptura con el Proyecto de Banda. Que esos discos ahora vuelvan a estar disponibles se debe tanto al interés de los fanáticos que reclaman más y más material de El Grupo y que inconscientemente ven en esa voz experimental que conduce masas corales y percusivas una prefiguración de su vocalista, quien sin embargo, a diferencia de su guitarrista, nunca conoció al mentor. «Los músicos envidiamos la lucha de clases, porque ustedes nunca nos escucharán como a sus líderes políticos», ironizó el vocalista ante la muchedumbre adolescente que se congregaría en ese sureño valle desértico para el lanzamiento del último disco de El Grupo. Pocos reconocieron ahí la frase con que el mentor cierra su última entrevista, cuando el día antes de su muerte anuncia que dejaría inconcluso su disco final: «los músicos envidiamos lo sagrado, por esa manera de escuchar de quienes creen que existe algo intocable».

La coreografía necesita desplazamiento. Yo soy él y él es este otro, y este otro insiste en que ella vuelva a la cama en vez de flectarme una vez más las ingles para que los músculos irriguen sangre a los tendones del pie.

Con sangre él, cabro chico, junto a la vieja tejían hilos como la pancora enreda el agua sobre el río. A través de las huellas que la lluvia dejaba en los cultivos la vieja se iba hasta ahí donde estaban sus piedras, las piedras de todos y las demás que podíamos lanzar hacia los guardias de la papelera.

Él, grabando, se dio cuenta de que su voz no quedaba ahí, sino el eco. Su problema, le diría a este otro en plena discusión, aprovechando que ella y los dos bajistas habían salido ya a caminar por los canales de la ciudad en vacaciones, era que estaban encerrados en un cajón de vidrio donde las voces rebotaban de vuelta, en vez de hacer el trabajo de encumbrarse, de desenvainarse, de desasirse como los bichos roen hacia las napas para protegerse, de anudarse a los palos que weiraos y koipus recogían para evitar las corrientes; la voz tenía que perderse para que alguien más encontrara el nombre de quien la deja salir al escucharla.

Él, grabando, no esperaba que alguien entendiera sus palabras mal traducidas. Por eso se dieron la mano cuando inesperadamente este otro sacó sus llaves, una botella, se puso una máquina al hombro y le pidió que lo acompañara. Pagó por un bote, lo fue empujando hasta el borde donde el agua les hacía brillar las piernas y le dijo: ahora canta.

Yo, en cambio, sólo puedo confrontar las arrugas que son estos ojos a la superficie homogénea, dura e irrompible que anota mis parpadeos y va tachando conmigo. La autobiografía de El Grupo, subrayo al bajar una ceja, no es la historia de este otro ni del aprendizaje de ella, tampoco es un estudio de personaje con el vocalista al centro, sino el alambrado, la acequia, las marcas, los carteles y los senderos que separan como unen esos campos. La aglomeración de carne que entrelaza el músculo, la piel, el tendón, la vena, la linfa, lo que no tiene nombre, el nervio y el hueso no constituye un órgano específico: es nuestro cuerpo.

Él, cabro chico, arrugaba también los ojos pero no podía cerrarlos cuando al volver de las ramas altas alcanzó a ver unos pájaros desconocidos comiéndole las uñas a la vieja, que el camión de la empresa dueña de todo este papel había botado sobre un montón de hojas chamuscadas, justo entre el árbol suyo y el árbol de su gemelo.

Él, cantando, se acordaba de que los pasos de la vieja tenían que incluir tanto el cerro por el que iban como el río que evitaban y el volcán al que se dirigían, tanto el kawellu que le armaba el camino como el witranalwe que le ponía huevos dentro del talón para que quisiera volverse, los pillanes y los pillines, los insomnes y los que roncan. Él, en su cárcel, era incapaz de privilegiar en su memoria los restos de la vieja por sobre sus movimientos cantando y bailando, de otra manera estaría olvidándose de que su propio nombre desconocido incluía el nombre de ella, el de la gallina y el de las cabras, el de la vieja de la vieja de la vieja y el del lugar que se sitúa en todos los lugares.

«Cada cual en su árbol», diría la percusionista en su idioma isleño cuando se dio cuenta de que él, cansado, la había traído a vivir a sus propias tierras para comprárselas.

»Porque un árbol no es un árbol, sino un bosque vertical, escamoteo de ramas, insectos, pajaritos, callampas, larvas, vapores y otros seres que no quieren ser vistos y que no queremos ver.»

Él, cansado, desde ese momento se sentó en su silla y no volvió a levantarse.

Él soy yo. Él se hizo viejo porque ella, aunque no sabría pronunciarle el nombre, lo había escuchado. Yo, en su lugar y en todos los lugares, me quedo parpadeando: eso que antes se me ponía enfrente a palpitar al sol sólo se asoma si cierro los ojos.

7. CORRECCIÓN

La coreografía necesita desplazamiento. Ella lo besaba a él. Por largo tiempo. Luego estaba sola, encerrada en una habitación chica repleta de las muñecas de trapo que coleccionaba su prima. Había escuchado decir a través de la puerta que el funeral de su padre iba a celebrarse esa misma noche, pero ella no resistiría el sueño que la embargaba, mal que mal, cuando tenía tres o cuatro años, apenas se ponía el sol los párpados le pesaban y se quedaba dormida. Así que se metió a la cama; era un camarote de madera lacada blanca donde los pequeños colchones inferiores se juntaban para formar una T. Tosía. Temblaba de frío bajo las colchas. Se estiró apenas y se encontró con un montón de cojines sobre sus piernas. Qué duros, se dijo, mientras se levantaba para quitarlos. Así encontró el cuerpo muerto de su padre, envuelto en sábanas a sus pies.

El miedo la despertó. Eran las diez de la mañana, la fresca brisa primaveral en la capital del imperio viejo venía por la ventana abierta junto al trino de algún pájaro y uno que otro bocinazo desde la calle. La cama junto a ella estaba vacía; las almohadas, en el suelo. El vocalista había enrollado minuciosamente las piernas de la percusionista con frazadas y plumones, de manera que le costara un poco levantarse. Además, había intentado construir una suerte de torre sobre sus pies con los cojines del hotel. Dónde se habrá ido, se preguntó, y buscaba con la vista los calzoncillos, los pantalones arrugados, el cinturón metálico en una esquina después que anoche se los sacara con destreza, los anteojos y los medicamentos que él había dispuesto en la superficie del velador mientras ella se duchaba. En vano. No recordaba a qué hora había salido él de la pieza, sólo le volvía el terror de haber tocado un cadáver, el cadáver de su padre durante el sueño, y una vaga melodía que a veces era un zumbido. ¿Estaría viva su familia? Aún ensayaba el recuerdo de los códigos de larga distancia internacionales y nacionales para su ciudad natal cuando el chillido del teléfono en el velador la hizo saltar de la cama.

Cinco horas después esperaba, en el asiento trasero de un taxi, que un guardia le devolviera los documentos y se abrieran los severos portones de la residencia de la viuda. En el camino se había entretenido con las formas de las nubes que iban apareciendo en el cielo norteño. Cada vez que llamaba al vocalista, resultaba que el teléfono estaba fuera de servicio. En dos ocasiones le vino la tentación de llamar a este otro para preguntarle si lo había visto, en las dos se conformó con descubrir el lomo de un caballo en los nimbos, las patas de una araña, el bulto de un gato parecido al siamés que su primita adoraba. El mayordomo la hizo pasar a la residencia. En un salón donde colgaban dos lámparas de lágrimas esperó sentada al borde de un diván, frente a enormes óleos. Era tal como se imaginaba el interior de un castillo del imperio viejo. No sonreía porque estuviera contenta, sino porque imaginaba la mímica amarga de este otro apenas entrara a esa residencia; movería la cabeza y alegaría que estos creen que todo lo anterior debe ser museo, sólo para que ella le respondiera que seguramente él en ese caso remodelaría el lugar y colocaría al medio una pirámide de vidrio iluminada. Qué sabes tú, le diría este otro de vuelta, que no hayas leído en alguna guía turística. Durante la media hora que esperó a la viuda, mientras le rellenaban su taza, ella iba forzando estas discusiones mentales para sacarse las teclas de la cabeza: es que un piano de cola brillaba al centro del salón. La tapa estaba abierta. Después de diez minutos no pudo evitar seguir con la mirada la blancura del teclado desde el diván, mientras interpretaba de memoria, corchea a corchea en la distancia, una polonesa que su padre solía instalar en la pianola de su casa durante el verano.

La interrumpió la viuda al entrar en el salón, seguida por una secretaria. Repasaron las fechas de la gira de El Grupo por las ruinas de las ciudades, comentaron el clima y las ventajas de atravesar el imperio viejo en taxi. Se quedaron en silencio. Ella probó la manzanilla que le habían traído para matizar el efecto de los sucesivos cafés, sintió que tenía una pasta viscosa en la lengua.

–¿Te gusta el salón? –le preguntó la viuda.
Ella asintió.
–¿Y el piano?
Se encogió de hombros.
–Lo mío son las baterías.

Estaba mintiendo. De pronto la viuda se levantó y cerró las dos puertas anchas con ceremonia.

–¿Sabes? –comentó, después de sentarse–. Siento que puedo confiar en ti. Hace tiempo que no me pasaba eso.

Entonces miró con descaro a la secretaria, que hacía sentir el sonido de su respiración.

–Mucho tiempo, la verdad. Cada vez que me he reunido con músicos en mis distintas casas, durante treinta años, no han podido evitar sentarse al piano y tocar algo de su mierda mientras los hago esperar. Tú eres la primera que demuestra respeto.

La viuda se sacó los anteojos y comenzó a arreglarse el pelo. ¿Es posible que esta mujer me recuerde a mi prima?, pensó la percusionista. La viuda la miró como si esperara una respuesta específica de su parte. Se puso de pie de nuevo, caminó hacia un mueble de dos puertas. Lo abrió, extrajo una botella y dos vasos.

–Por eso quiero proponerte otro tipo de negocio –le dijo.

La coreografía necesita su lugar ahí, donde únicamente era capaz de caminar sin miedo, sin risa, sin fantasía, sin soberbia, sin propiedad, sin subterfugio y sin expectativa, el terreno desde donde la vieja saltaba siempre al árbol, desde donde los hombres que iban por la calle no se reflejaban idénticos a su gemelo en los vidrios de los edificios, desde donde cada persona se movía de manera diferente a él, cantando, y al mismo tiempo eran sólo parte de la aglomeración; en fin, un espacio desde donde él no se identificaba porque no era campo ni ciudad, no era cárcel ni mar, no era parálisis ni baile.

Él, cantante, prefería ese momento en que los instrumentos seguían sonando, pero ya ninguno de los músicos tocaba.

Él, cantante, se dejaba empujar por la inercia y el eco de una sílaba última que cerraría su garganta ante la aglomeración. No realizaba movimiento alguno, tampoco una pausa. Pausa. Ella viene con un vaso de agua y un algodón, se dedica a limpiar el piñén que se me acumula en la arrugas de estos párpados. Ella insiste con el algodón y el agua, ignora los productos cosméticos que le envían desde la empresa porque yo soy el dueño. Luego recupera los algodones oscurecidos, los moja una vez más y limpia la pantalla pulcra que se ilumina acá al frente mientras cierro los ojos para simular que me estoy durmiendo en su entrepierna y con los muslos me agarra con fuerza. Finalmente me suelta. Vuelvo a la luz del vidrio, ella mete los algodones en una bolsa y se toma el agua kurichenta de un solo trago.

Él, cabro chico, lanzó entonces una piedra al agua para espantar al cuero. «Esa piedra era la tuya», le decía con sorna la vieja desde atrás.

Él, cabro chico, se sumergió en el río antes del alba, temblando por el frío, porque la pancora quería entrarle en los hoyos y porque el cuero lo tironeaba desde el fondo si sus dedos cortos no alcanzaban nada sólido. Como la vieja estaba cantando en la orilla, sin embargo, la corriente se hacía cristalina para oírla y así él fue capaz de hallar la piedra. Hicieron después un fuego que el sol, al salir, apagaría con su viento y, cuando la piedra estuvo seca, la vieja agregó: «esa no es la piedra tuya, ninguna de estas. Tienes que saberlo. Ni el cuero, ni la pancora, ni esta agua están ahí por tu miedo, incluso si crece demasiado la justicia y, como sé que será, llegas a ser el dueño de todo lo que no puede tener dueño».

Él, en su cárcel, sabía que el lugar del canto no era el silencio, no era la música, no era el ruido. El lugar era un momento.

Él, cantante, elegía ese momento para zambullirse en la aglomeración.

Él, cansado, le construyó a ella un invernadero en el lugar antiguo del cual quedaba únicamente el árbol de su gemelo. Ella se le subía encima y transpiraban hasta que les cayeran gotas desde el techo. «Una palma ecuatorial y un arbusto de la tundra se entrelazan únicamente en la tierra estrecha de la ciudad, nunca en el campo», murmuraba ella en su idioma imperial, después de tanto llorar y tratar de explicarse.

Él, cansado, salió a caminar por esas tierras que firmara y sellara con la empresa dueña de todo este papel. No encontró el río ni el cerro, tampoco el volcán que aparecía con la neblina.

Él, paralizado, sabía que sus piernas eran de alguien más ahí. Se llevaban su ingle y los dedos de sus manos. Caía y el suelo lo iría a recibir, sus brazos abiertos. Antes que los nombres vinieran en el grito de ella, de este otro y de las enfermeras, se llevó la mano al cuello: la pancora iba subiendo hacia su boca.

Él, cabro chico, nunca entendió si la pancora entraba y moría, si salía por otro hoyo o si cambiaba de estado. Yo, en cambio, sé exactamente levantar una sola ceja ante la pantalla brillante cuando aparece en la autobiografía un nombre propio, un toponímico, un gentilicio, un año. Él soy yo. El Grupo no se llama.

7. CORRECCIÓN

La coreografía necesita su lugar. Nadie se muere de calor en ese lugar. Aunque si se pone a llover puede que tus amigos queden flotando como una infusión en agua recién hervida, alardeó el tenor con su sonrisa permanente. A su lado el mesero sostenía en una bandeja una docena de vasos luminosos; como uno de los últimos aborígenes de esa zona que era, el Imperio le pagaba una mensualidad a él y a sus consanguíneos para proveer de color local a las distintas fiestas oficiales del Protectorado. El mesero caminó hasta detrás del cortinaje y se empinó dos vasos mientras comprobaba por la ventana del zepelín que ya iba a dejarse caer la tormenta. Las plantaciones de té relucían desde la altura.

Dos puntos oscuros manchaban el panorama de esos campos verdes; dos figuras móviles que corrían de un lado a otro y se iban a encontrar cuando un sonido, una llamada, un animal rastrero o

–La muerte no te quiere entrar todavía, mujer. Qué suerte.

Ella se tapó la boca con un antebrazo.

Se dieron la mano, satisfechos. Al momento de separarse, el hombre descubrió que ella se las había arreglado para dejarle un billete en la palma; más tarde iría a enterrarlo junto a una semilla de planta nueva.

De vuelta en los campos de té, ella esquivó un beso que este otro quiso darle. Corrían y disfrutaban el sonido con que crujían los restos de hojas secas del suelo bajo sus pies hasta que encontraron un claro. Miraron el cielo. Ya no iba a llover. El sol de la tarde caería fuerte sobre el Protectorado Suroriental durante los siguientes diez días. Este otro dispuso los brazos hacia el zepelín y comenzó a moverse.

La coreografía necesita sincronización. Él ensayaba cada mañana desde que, cabro chico, se iba a levantar según el llamado del chucao. Él, cantante, decidió que dedicaría la primera hora a hacer gárgaras en el motel donde el hábito lo sorprendiera, sol en la cara.

Él, corriendo por el barrio con su hermano, se agazapaba sobre el altar de las iglesias a mediodía. Cerraba los ojos, abría las piernas, soltaba la ingle, se bajaba el cierre, sacaba pecho, inclinaba la cabeza hasta apoyar la nuca en la madera, separaba los brazos, la mandíbula se le iba con un hilo de baba hasta conseguir el rictus en todo el cuerpo. Algunas veces las beatas le tomaban una mano, compasivas, hasta que se daban cuenta de que era necesario limpiar. El encargado lo empujaba con un palo de escoba hasta la puerta y lo dejaba caer suavemente por las escaleras, le lanzaba monedas de un peso. Algún cura, más temprano que de costumbre, se quedaba mirándolo; sacaba su libreta y dibujaba la posición de ese cuerpo mientras, a su lado, alguna monja limpiaba las manchas de lápiz grafito en la santa camisa.

Yo, en cambio, no transpiro ni babeo, pero fuerzo los ojos hasta que se me forma un surco de venas desde las sienes hasta el rincón de las esferas blancas y voy eliminando, sobre esa superficie lisa que resplandece aun en el verano, los párrafos que hablan de martirio, de sacrificio, de éxtasis, de gloria.

Él, en su cárcel, se sacaba la ropa y se sentaba. Iba pronunciando en los idiomas que conocía las mismas frases: «desprenderse de uno mismo con los propios brazos, sacarse de sí». Encadenaba los nombres que la vieja le enseñara cuando, cabro chico, lo hacía subir un cerro para que abriera la boca en el agotamiento y exhalara un «joven, macho, guerrero», que luego enterraría hasta las sienes mientras se llamaba a sí misma «anciana, madre, trabajadora, sabia», y se lanzaba con ellas por un escarpado mientras dejaba ir un «viejo, abuelo, empresario, consejero» junto a la lluvia constante sobre las copas de los árboles donde aterrizaba. Lo decía sin involucrar en ello un solo músculo de la cara, no dejaba que se le moviera la piel siquiera cuando sus compañeros de celda se levantaban calientes en la helada, furiosos, mojados desde sus pesadillas y se descargaban contra esa disciplina suya, contra él y las ventanas, hacia los cerros, por donde creían que estaba amaneciendo.

Él, estrella, no escuchaba los llamados telefónicos ni los nudillos suaves en la puerta, las rogativas grabadas ni la platería con miel, quesos, higos, yogures con cochayuyo y muday con manjar que le dejaban en la mesa de espejos, junto a las puertas de sus dormitorios y en los comedores donde había encarecidamente pedido que no se asomara un alma para poder sacarse la ropa. Apenas cerraba los ojos y modulaba le venían tantos idiomas y registros que podía permitirse no elegir ninguno, dejar que le ocuparan completamente la voz, el sonido era ruido hasta que le coagulaba un aglomerado chorreante, dilatación en cada pulso: sin final ni origen, ínfima, ubicua y simultáneamente lo aplastaban, le sacaban los ojos con una piel que se quemaba.

Él soy yo, los suyos no son siquiera huesos de gallina.

Él, paralizado, podía cantar. Lo lograba cuando ella le daba un beso en los párpados, cuando los abría a su tacto y el lugar se iba reconstruyendo contra su mirada.

El Grupo soy yo, le oía. Yo, en cambio, tacho.

7. CORRECCIÓN

La coreografía necesita sincronización, la de esos dos cuerpos quietos por un rato, sudados, temblorosos y resoplantes. Escucharon el motor del avión que comenzaba a bajar hacia el aeropuerto. Él se le quitó de encima, se puso los pantalones y se sentó en el parachoques del convertible a fumar, mientras, sobre el asiento reclinado, ella veía que las estrellas en el cielo veraniego del Imperio Central iban desapareciendo. Antes de dormirse por completo la percusionista escuchó que él insistía en entonar su canción arcaica. Durante un segundo largo se mantuvo concentrada en esa melodía que el vocalista pronunciaba como un trompe. La discusión entre ellos estaba lejos de terminar.

También soñó, con mucho detalle: desde las mesas de ese bar sin nombre donde se habían presentado por cuarta vez como El Grupo se escuchaban conversaciones, gemidos y griteríos burlones que de vez en cuando superaban el volumen de aquellas largas baladas donde la voz con mala amplificación del vocalista se confundía con los pulsos de los dos bajos, aunque eso a nadie en el público parecía molestarle, seguramente porque los dueños del local se habían anticipado a rotularlos como «música ambiental antisistema» en los dos carteles de fotocopias apenas adheridas a la puerta. El vocalista intercalaba conchesumares, sordosculiaos y sacoweas en sus alaridos, pero nadie iba a ofenderse, porque no se distinguía una sola palabra de su repertorio. Tres cuartos de hora más tarde, cuando ella ya roncaba sobre el sofá de la parte trasera de la minivan, cuatro tipos en dos camionetas les habían hecho una encerrona en una luz amarilla. Ella se asomaba a la cabina, medio soñolienta, y veía el parabrisas bañado de escupitajos. En los asientos delanteros no quedaba nadie, las puertas permanecían abiertas y ella escuchaba desde la calle una gritadera en la cual esos desconocidos la llamaban puta una y otra vez; a ella, que todo ese tiempo había estado durmiendo y no había visto siquiera las caras de quienes la insultaban. Entre gritos que evocaban las cervezas ofrecidas gratis a todos en el bar, cuando un chispazo iluminó la mesa de sonido y detuvo definitivamente la tocata, el vocalista y este otro habían partido en la minivan tras los escupidores, decididos a darles una paliza. Ella, el bajista y el otro bajista, entretanto, los esperaban sentados en un café de la carretera entre risas, recreando con muñecos fabricados de pan la heroica lucha que este otro entablaría con los agresores. Pasado un par de horas y la euforia del efecto de las pastillas, ella se atrevió a confesar que estaba preocupada. El bajista extraía de su chaqueta de cuero una pequeña botella que había robado del bar sin que nadie lo notara. Se la ofrecía a ella, quien la destapaba cuidadosamente mientras el bajista y el otro bajista recordaban cómo se habían conocido, en un café idéntico a ese pero en la otra costa del Imperio. El bajista trabajaba en la cocina y el otro bajista era el proveedor de queso y carne. Cada lunes y jueves, mientras descargaban juntos las bolsas azules desde el camión, conversaban sobre los últimos discos que habían comprado y con el tiempo comenzaron también a grabarse mutuamente cintas con mezclas inesperadas de canciones. Cuando los del café adquirieron una bodega en el barrio industrial, el bajista se comenzó a reunir ahí con el otro bajista a la salida de sus respectivos turnos laborales, y se iban caminando a los sótanos donde tocaban las bandas. Se burlaban con cuidado cuando alguna mujer se acercaba a ofrecerles cervezas; generalmente encontraban en la monotonía de todas esas guitarras, en las mismas estrofas de hace cincuenta años y en los estribillos de siempre, una excusa para marcharse del lugar.

El bajista y el otro bajista se interrumpían mutuamente para contarle el asunto a ella: alguien los había sorprendido en la bodega, uno no había podido impedir que el otro le reventara una botella en la cabeza a un patinetero en una disco, discutían a gritos y no se decían nada. La bodega fue trasladada desde el barrio industrial a una calle turística ahora abandonada. Se sucedían largas semanas sin que volvieran a llamarse. Cuando el otro bajista dejó de trabajar el doble turno en el café pudo empezar a tocar en clubes de música afrolatina; coincidentemente, el bajista halló un amplificador y un instrumento casi nuevos en un basural camino a su casa, decidió recogerlos y empezó a componer. Hasta que, año y medio después de la última vez que se vieran, entró con toda naturalidad en el café y pidió algo. Comió, pagó, se dirigió al baño, pero en vez de doblar en el pasillo a mano derecha traspasó las puertas de la cocina hasta donde estaba el otro bajista. Entrechocaron los puños. El bajista quiso saber si el otro conservaba las llaves de la antigua bodega del barrio industrial. Esa noche se encontraron ahí. Con una linterna, el bajista le pidió al otro que lo siguiera. En el rincón, encima de uno de los derruidos estantes, debía seguir ahí todo empolvado un caset que le dejara de regalo la última vez, en vano. Se abrieron camino a través de los desperdicios hasta que los interrumpió un estertor. En un rincón se erguía sobre sus dos patas un animal de medio metro, oscuro y metálico, que les ofrecía dientes y zarpazos. El bajista y el otro bajista no se soltaron las manos. El caset había desaparecido junto a los estantes, los frigoríficos, los lavatorios y los recipientes de la vieja bodega.

De vuelta en el café donde estaban ahora, tantos años después, el relato era interrumpido por el vocalista y este otro, que entraban abrazados con los cuatro tipos que habían escupido la minivan y que la habían insultado a ella. Cerveza en mano, cantaban desafinadamente a coro una canción de iglesia sureña y tropezaban; cayeron estrepitosamente sobre una de las vitrinas de pasteles del café. El administrador del local, ante los vidrios en el suelo, desapareció hacia una habitación trasera para volver con un rifle. Las meseras lo alentaban a disparar, sin embargo aparecieron tres policías que conocían a uno de los comensales desde la infancia y los llevaron a su casa. Mientras tanto, este otro se había acercado a ella para murmurarle con baba en la oreja que había sido un malentendido, que los cuatro tipos de la camioneta creyeron ver en la minivan un autoadhesivo de la banda que más odiaban en esta costa. La percusionista lo empujó con tanta fuerza que este otro cayó sobre algunas astillas que quedaban en el suelo.

Ahora ella dormitaba de nuevo sobre el sofá de la minivan. En el suelo, el bajista y el otro bajista jugaban ajedrez. La verdad, ese caset que uno le había dejado al otro en la vieja bodega no era una mezcla más de sus canciones favoritas, decían. Se trataba de temas suyos, seis exactamente, que el bajista había grabado con su instrumento y algunos tambores especialmente para dedicárselos; no se había atrevido a decirle nada, sólo había dejado la cinta en un estante para que cualquier día casualmente las encontrara. Pero ahora estaban irremediablemente perdidas. El otro bajista dejaba salir un suspiro y le daba un beso.

Fue en ese momento que ella despertó sobre el asiento reclinado del convertible. Se encontró con que la inmensidad del cielo del Imperio Central era un solo nimbo, iba a llover. Miró el reloj en el tablero del convertible: habían pasado apenas cuatro minutos desde que cerrara los ojos. Intentó levantarse, pero su brazo se enredó con el pesado abrigo negro con que el vocalista había envuelto su cuerpo desnudo. Tiritó. Sentado en el parachoques él quemaba unos papeles.

–Contratos –dijo cuando la vio despierta.

Entonces ella levantó el asiento con una palanca, se incorporó y le respondió que lo había pensado, que cambiaba de idea. Que se iba a mantener en El Grupo. Que iban a tener un hijo entre todos y, para hacerlo dormir, cada cual le contaría al cabro –usó esa palabra– variaciones de la misma fábula cada noche, por turnos.

PATRAÑA

I

Saltan el Flaconejo, la Olgata y el Sanhuezabueso. Saltan, corren, tienen hambre y tienen sed, pero se esconden porque entra la Carola Cartola con el Esposo Casposo, discutiendo a gritos que el dinero, que el negocio, que la prima y que los intereses. Aúllan. Uno de los dos muere; el otro se da a la fuga. Saltan el Flaconejo, la Olgata y el Sanhuezabueso frente al cadáver, tienen hambre y tienen sed; también, hambre y sed de justicia. ¿Qué harán?

II

Se revuelcan sobre los humores mezclados en el suelo, se duermen uno encima de la otra y del otro, se enroscan, se estiran y bostezan: han encontrado cómo decidir entre la justicia y el hambre con sed. Cuando alguno empieza a babear más de la cuenta se mordisquean, se arañan y se lanzan patadas.

Antes de proceder, la Olgata, el Flaconejo y el Sanhuezabueso envuelven el cuerpo en papel metálico. Luego se sientan frente al sol que sale para mostrarse los distintos ruidos que pueden hacer con sus cuerpos. Quien haga de un ruido suyo un sonido, y de ese sonido música, y de esa música un sobrecogimiento tal que les cambie el ánimo de desespero, hará prevalecer la solución que se han sorteado defender respectivamente; nadie está convencido, pero lo asumen melódicamente.

La Olgata sostiene, entre el oscilante rumor de las flemas de su pecho y el vibrato de su garganta, que la justicia debe ser específica, y que –aun sea dirigente, arquetipo, ejemplo de toda una alcurnia que se les opone– ese cadáver en concreto nada les ha hecho, así que no es justo que se lo coman y se beban su sangre. Los otros se toman de las manos, lloran.

El Flaconejo arguye, con un ritmo constante de sus articulaciones, al que de a poco suma hipnóticamente golpes de patas y mandíbula, que la justicia es un concepto, y que para llegar a conceptualizar el organismo debe primero haber resuelto sus necesidades biológicas; así que es inválida la noción de justicia mientras tengan ahí un cadáver del cual comer y beber, como tanto necesitan. Los otros bailan, aplauden.

El Sanhuezabueso señala, mediante un profundo silencio, en el cual va haciéndose cada vez más perceptible el coro de cada uno de sus pelos rozando todos los otros pelos, que la justicia no es más que un acuerdo arbitrario, un juego entre ellos, así que si sólo uno convence a un segundo de que el hambre con la sed son más importantes que reivindicar ejemplarmente ante no saben quién todo el daño que ese cadáver y su gente les ha provocado desde que tienen memoria, el tercero debe plegarse a esas reglas. Los otros se ponen a cantar.

El sol termina de salir. Entonces saltan la Olgata, el Flaconejo y el Sanhuezabueso al mismo tiempo para agarrar una moneda que se les quiere meter bajo la piel. No saben que el papel metálico las atrae, así que de repente están en el suelo rascándose, hiriéndose mutuamente porque el lugar está infestado de monedas de todos los tamaños y denominaciones. Irritados, se les ocurre abrir el papel metálico y dejar que la plaga se vaya al cadáver. Pero, ¿sería justo eso?

III

¿Y ese olor?

Es olor a moneda.

Y antes de que el Sanhuezabueso, el Flaconejo y la Olgata puedan cerrar las narices aparece un escuadrón de Carehombro con varas, sillas de montar y carretas que se les echan encima. Los tienen en doma ya cuando de repente se dan cuenta del cadáver.

¿Y ese olor?

Es el cadáver del Esposo Pasmoso, gritan los Carehombro; tras días de tensión, el secuestro que ha mantenido en vilo a la opinión pública ha culminado trágicamente. El Sanhuezahueso, el Flaconejo y la Olgata van a argumentarles que no, que ellos tampoco, que la Carola Cartola y el Esposo Casposo, que con cada muerte ha nacido un misterio y que de la consecución de la justicia con su carencia también participa el escuadrón.

Pero los Carehombro deciden, en vez de explotarlos, llevarlos al calabozo. Durante el interrogatorio les insisten: ¿y ese olor?

IV

Primera carta desde la cárcel
(Interceptada por un Carehombro y firmada por la
huella de una pata que significa «Nosotros»)

Ahora voy a hacer algo que no podemos decir a los demás: no distingas los calabozos de la casa, somos la misma persona y te lo juro por mis venas que el misterio de tus significantes vacíos es la clave para que sobrevivamos de los momentos en que discutíamos sobre la justicia, la representación, la comunidad, las semejanzas, y que no sepamos sólo decir no, no y no, pero sí, porque si te vas de nuestra noche y yo no soy de las personas con quienes mantendrías un proyecto, porfa, acordémonos del mundo y del mar y del otro lado, ¿y de la mañana?

V

¿Nombres?, interrogan.

Nosotros, nosotros y nosotros, responden. Entonces los Carecodo los golpean; tantas veces como cuantos seguidores creen que lideran en la clandestinidad.

Entonces los Carehombro toman nota.

¿Nombres?

Y por cada fierrazo, electrocutamiento, quemadura y sumersión surge, en efecto, un nuevo colectivo que sin haberlos conocido los reivindica.

Nosotros, nosotros y nosotros, responden en la cárcel. Tienen hambre, tienen sed; tienen ahora mucha más hambre y más sed de justicia.

¿Nombres?

Aprenden a no hacer un solo ruido con sus cuerpos.

Entonces dejan de golpearlos; en vez, los obligan a comer pan y agua, vino y carne, cerveza y ensalada, whisky y caviar para que confiesen que pusieron la bomba, que robaron el banco y que mataron al Esposo Pasmoso. Por fin, comen, beben.

¿Nombres?

Finalmente los Caretalón han terminado de identificarlos: se llaman Canijo, Gota y Huesos. ¿Queda eso anotado en el registro judicial, escriben así de ellos en público y salen de tal manera a un mundo que de aquí en más tiene nombre, lugar y tiempo?

VI

Casposo va saliendo del piso 76 de un motel que es también ministerio, embajada, patio de comidas, estación.

Ella le estrecha la mano a él –es lo único donde les queda tacto– para disfrutar por última vez del acceso gratuito a esa liviandad de espíritu, ahora que han finiquitado las negociaciones: mañana estamparán la firma que termina de privatizarlo todo enrededor, incluidos sus ánimos y ciertas sensaciones indescriptibles.

En ese momento levantan la vista por el vidrio del pasillo y contemplan cómo a esa última hora de la tarde el sol cae prístino sobre una quebrada.

Qué belleza de lugar, acota ella.

Sí, puntualiza él.

También de esa luz obtendremos una participación.

Pero no nos engañemos, continúa el Esposo Casposo, mientras se abren las puertas del ascensor y se pierden rumbo al subterráneo 34: es hermoso porque podemos mirarlo desde lejos. Jamás nunca pondríamos un pie en un lugar así. Figúrate el hambre, la sed de las alimañas que allá reptan.

En ese preciso instante se despiertan los cuerpos de Flaconeja, Olgato y Sanhuezabué, que permanecían tirados al fondo de la quebrada. Han escuchado la conversación; se arrastran durante toda la noche y la madrugada rumbo al frontis del palacio de gobierno.

¿Qué es eso que brilla, opaco, en sus ojos?

VI

Frente al palacio de gobierno, desde hace siglos, existe un jardín que tiene los pastos más mullidos y verdes que alguien haya alcanzado a pisar. Se llama la Plaza de las Demandas. Y desde hace siglos es el lugar donde los Carehombro y los Caretalón guardan sus municiones, hondas, tanques, drones y palos. Los Carerrodilla, incluso, juegan al pillarse ahí.

Despunta el alba este día histórico.

Ocho grupos de ochocientos se han reunido a hacer vibrar entre sí los labios a la vez frente al palacio de gobierno. Nunca nadie ha podido entrar a la plaza de las demandas sin uniforme, pero esa mañana el rumor de labios crece tanto que su ola expansiva hace volar las vallas, las patrullas saltan lejos y los cañones de los satélites implosionan para siempre.

Los ocho grupos de ochocientos empiezan a abrirse paso entre su propia sonajera.

La primera columna grita que en nombre de Sanhuezonejo, Flato y Olgüesa no permitirán la privatización de todo enredador. Que todo es nuestro.

Pero cuando llegan arrastrándose los mismísimos Sanhuezonejo, Flato y Olgüesa a la plaza de las demandas, nadie sabe quiénes son.

Mejor, dicen. Y se pliegan.

Sin embargo el noveno grupo de novecientos, la retaguardia que va a entrar al palacio de gobierno, los reconoce. Alguien decide detonar los bombones.

Algo revienta; no son los cuerpos. El jardín ahora es barro duro, polen, gajos, pedazos de palacio.

¿A quién meterán a la cárcel los Carecodo por esa explosión injusta?

VI

Flanco, Algotrae y Sinjuez el Sabio ya ni crujen, esquinados en la cárcel de alta seguridad.

El Caretalón que una vez por semana les lanza por la ventanilla el último experimento del chef internacional hace correr el rumor de que en esa celda subterránea no hay más que una estatua, un busto y una figura ecuestre.

Hasta que una noche el Espanto de la Justicia pasa por esa celda.

Su entidad es una cañería a punto de explotar, y su ruido a través del muro les narra el siguiente cuento: El tren llega al pueblo. Un niñito y una niñita, hermano y hermana, van sentados juntos y por el vidrio notan los detalles de la estación mientras el tren va frenando. Mira, dice el niñito, estamos en Damas. ¡Imbécil!, contesta la niñita, ¿no ves que estamos en Varones?

Al otro día la alcaide Carola Cartola explica públicamente que la fuga de los presos se debió al colapso de la red de alcantarillado.

¿Por qué, entonces, cunde el cuento entre los Caretalón de que esa noche se escuchó tan fuerte una carcajada que la cárcel de alta seguridad se sacudió desde sus cimientos?

VII

Segunda carta desde la clandestinidad
(Traída por seis remolinos de viento y firmada por la huella de una pata que quiere decir «losotro»)

Hablas de justicia. Actúas en busca de la justicia para todos y todas. Tu deidad es justa, la justicia es tu deidad.

Pero es injusto que la justicia sea más importante que otras demandas de quienes se levantan contigo. Es injusto que la justicia sea menos importante que la demanda de esa otra persona que se levantó primero para que otras lo logren con la suya. Es injusto que la justicia sea una paradoja y no un hecho concreto: no existe justicia y no existe *la* justicia, pero no puede dejar de haberla.

¿Cómo llegar a olerse, a oírse, a verse, a tocarse por completo fuera de los espejos –que tienen dueño–, sino a través de los cuerpos de quienes se levantan contigo?

VIII

La injusticia se sucede, se sucede.

Sólo así el nuevo gobierno del Esposo Casposo explica a los cuatro que quedan por qué el valle ahora es fundo y el cerro es fuerte; el mar, puerto; el desierto, salitre; la llanura, autopista; el glaciar, represa; el bosque, maderera; el río, relave; el lago, lancherío, y la ciudad, banco.

El resto de los ochocientos son losotro ahora, demasiado cansados por el martillo, la pala, la hoz y el teclado como para volver a preguntar para qué, quién ejecuta la injusticia.

Hasta que un día llegan a la sala de espera del nuevo rascacielos de gobierno, traje y zapatos brillantes, la Flaconexión, el Holgura y la San Bueso. El primero le muestra su aparato al Esposo Casposo, la segunda le hace flamear su trapo, mientras el tercero empieza su oración para que el Presidente la complete.

Nosotros venimos a terminar con la injusticia, le dicen.

Él aplaude, se levanta, les da la mano para bienvenirlos al gobierno. Es porque nadie los conoce, le comenta a su ministra Carola Cartola.

¿Cuál será la demanda de ella cuando los descubra, y cuál la equivalencia de la Flaconexión, el Holgura y la San Bueso cuando entren a la sala subterránea para encontrarse que dentro de un ataúd de cristal el cuerpo del Esposo Pasmoso, peluche sin las patas ni el buche, es la persona que dirige?

VIII

A los festines del palacio rascacielos, sin embargo, soa Olga, don Flaco y el señor Sanhueza no van. Tampoco a las giras internacionales; se limitan a reformar, mientras en las reuniones de gabinete el Esposo Casposo los defiende ante acusaciones de tecnócratas, de populistas, de lobberos, de ayunadores, para explicar una vez más a los jóvenes ministros –que ganan tiempo en el gobierno antes de obtener sus cátedras vitalicias de economía– en qué consiste el milagro que administran la soa, el don y el señor por treinta años: televisión, telefonía, internet, deportes gratuitos para todos; subvenciones a los servicios básicos; organización de festivales, fiestas y bailes. De trabajo, educación, vivienda y política alimentaria, nada.

Entonces sobreviene la hambruna.

Es que la hambruna no se cuenta.

La progenie y sus alimañas se toman las calles, acampan en las plazas e incendian los campos. Los otros ochocientos, los otros ochocientos mil, los otros novecientos, los otros mil de miles –ya ancianos, ya gordos por dentro– se dejan morir de inanición.

En una reunión gubernamental de urgencia, Carola Cartola abre por una vez los ojos y encuentra a la Olgata, al Flaconejo y al Sanhuezabueso enfrente. Piensa que están sonriendo, pero se da cuenta también de que les sale una mueca nomás, un gruñido silencioso. Carola Cartola recuerda lo que ha perdido entre sus medicamentos: una quebrada, el mar, tres bichos de madrugada. Así que ella y su Casposo aprovechan la noche neblinosa para embarcarse en una misión diplomática permanente en el más allá.

Durante esa última aurora, son millones las retamboreadas frente a la ruina de espejos humeantes que antes fuera rascacielos, palacio, jardín y boscaje. Claman por un pedazo de pan y un sorbo de agua.

Sale el sol ardiente.

Entre el derrumbe surge una loma que es cerro, un cerro que es volcán. Y una gata, un conejo y un sabueso emergen por el cráter; entre otros millones de garras y pezuñas ayudamos a empujar un ataúd de cristal, enchapado y con ruedas, por la última rampa litúrgica. Nos hacemos incontables:

nunca más dejaremos que algo salivante vuelva a convertirse en ración, en razón, en moneda de olor nauseabundo. Nos agolpamos todas, lo abrimos con cuidado y justamente comemos.

La coreografía necesita un silencio. Él, cabro chico, se robó doce sierras eléctricas de la forestal hasta que lo agarraron. Él, cantante, recibió la descarga de los instrumentos de ella, del otro, del bajista y del otro bajista en el cuello, en el perineo, en la nuca, en las encías cada noche.

Él, durante su viaje de salida, se puso a escribir nombres en una roca porque sabía que el viento iría a borrarlos. Uno de esos fue el nombre de El Grupo. Yo soy él. Ella, este otro, el bajista con el otro bajista tuvieron que elegir una noche de tormenta.

Cada tachadura que mis párpados hacen a una frase en la pantalla recupera un encadenamiento que no escribo sobre el vidrio blanco: pëllü, silencio, electricidad. En ese orden la vieja le enseñó a hablar, cabro chico.

El viento fuerte nada más puede tocarlo todo al mismo tiempo.

Él, cabro chico, estrella en los brazos de este otro. Ella les sonreía a los tres en su cama de hospital, agotada. Él se le acercó y, en vez de darle un beso en la frente al recién nacido, les fue chupando cada ojo. Qué nombre se te ocurre ponerle a la guagua, respondía ella, respondía este otro, respondía él.

Él, cantante, encontraba que la figura de su gemelo en la ventana de su cárcel subía por un cerro, entraba en la pensión, cruzaba otro umbral, llegaba a la pieza que había arrendado ella en la residencial, adolescente. Él, durante su viaje de salida, escribió nombres en la arena de una playa enorme y tormentosa.

Yo, en cambio, no recuerdo ya qué es sonido, qué ruido, qué nasalidad, qué esas bocas que vibran sobre mí.

Él, cantante, en el tour de despedida les pedía que la penúltima canción de la noche fuera coronada por una pausa. Cada uno la dedicaría a quien quisiera, pëllí, recuerdo, sierra eléctrica, así que cada noche se detenía la guitarra, los teclados paraban, los bajos dejaban de pulsar, los platillos y bombos quedaban intocados, cambiando de lugar entre sí, superponiéndose.

Él, a diferencia de mí, escuchaba en cada uno de esos silencios la cadena atronadora que cortaba su árbol al unísono de los otros árboles inalcanzables.

Yo soy él y puedo volver a tocarlo, cabro chico, aunque sea con las pestañas.

6. CORRECCIÓN

La coreografía necesita un silencio. Aunque su enormidad sí cupiera en la lente de las cámaras fotográficas que los turistas disparaban apenas ponían un pie fuera del bus, a este otro la roca más grande se le hacía difícil de mirar. El aire caliente y el sol del mediodía le impidieron cualquier tipo de reflexión que lo previniera de separarse de la fila, de los flashes y de las exclamaciones admiradas, para perderse en un sendero de ripio que se extendía entre peñascos y pastos amarillos. Desde su aparato sonaba a volumen altísimo el disco polirrítmico de Proyecto de Banda, pese a lo cual no podía ahuyentar de sus oídos los suspiros de su madre al teléfono cuando le contó que estaba en el Contraimperio.

Detuvo su canturreo, quedó mudo y sentado a la sombra escarpada de dos filones, mientras sacaba de su mochila la botella de agua. Había trepado sin detenerse hasta quedar frente a frente con la cima de la gran piedra. Desde ahí no había rastro del bus ni de los turistas. Estaba sacándose los zapatos cuando perdió el equilibrio y sólo atinó a afirmar la mochila: la botella fue rebotando hasta que la altura se la tragó. Este otro se sentó en la superficie rocosa, estiró los pies, respiró hondo, comenzó a dormirse. Sin embargo, se repetía a sí mismo, no lograba experimentar el escalofrío que antes le provocaran en esa canción que estaba escuchando las vibraciones del sintetizador en suspensión, esperando que de un momento a otro la voz grave y la aguda guitarra del mentor entraran y salieran, persiguiéndose unas a otras hasta reunirse en el coro de tambores. No lograba escuchar nada. El calor húmedo y el dolor de espalda lo hicieron despertarse de golpe. Buscó instintivamente la botella de agua, en voz alta lamentó haberla perdido. Observó la inmensa piedra, equilibrada en una diminuta base que lo hacía sentir frágil. Estoy teniendo una pesadilla, pensó. Abrió el aparato, sopló el láser, cambió las pilas; volvía a sonar, pero no escuchaba. La piedra continuaba ahí, no podía verla sin color ni posibilidad de tacto, a punto de pesar más de lo que su cuerpo podía aguantar, rodando, padeciendo, reventándose cuando cediera ese ínfimo pedestal que sería él. Todo se rompería, pero la roca monumental no se habría inmutado: mil años más de polvo, esta vez en otra posición, otra la sombra y otra la luz.

Se sacó los audífonos. Claro, se los había puesto equivocadamente en la mañana; el derecho en la oreja izquierda, el izquierdo en la derecha. De repente escuchó guijarros que rodaban, golpes, pisadas. Apareció ante él un muchacho ancho y moreno, de su edad. Llevaba jeans gastados, botas y el torso desnudo, lampiño, en contraste con la ondulada melena que le bajaba desde la nuca. Este otro lo saludó, pero no recibió respuesta. Vio que el muchacho no llevaba mochila, bolso ni botella, sólo una Biblia chica en una de las manos, y que resoplaba como un caballo mientras seguía caminando piedras arriba por la continuación del sendero. Aquella fue la primera vez que este otro vio a su vocalista. Luego cerró los ojos y se durmió profundamente, como no hacía en semanas. Desapareció el barítono del mentor, después los gritos de su padre, el empujón, el último portazo. Finalmente quedó la piedra, única en todo el espacio, sólida, inmutable hasta que fue cubierta por una especie de bruma que incluía también un silencio donde no supo cómo se llamaba ni en qué idioma, si su boca estaba repleta de un líquido placentero o si ya no tenía boca ni nariz, ni manos ni ojos. Horas después un hombre de larga barba canosa lo despertó. El sol había bajado y empezaba a caer una llovizna. Bajaron juntos por un atajo, entre latas de cerveza y bolsas con restos de comida, moscas y cáscaras de fruta. El hombre de la barba le comentó que los guías turísticos lo estaban buscando. Le gustaba mucho el idioma del Imperio, le confesó, porque lo sentía mejor en los dientes que la mezcla contraimperial.

Habló sin parar: contó que trabajaba para los ex curas en la organización del festival de música coral antigua; que era también un creyente retirado; que había venido a mostrarle la piedra a unos amigos y que en eso había sorprendido a un chascón rayando el patrimonio, así la llamaba. Este otro se defendió preguntándole si alguna vez había hecho un grafiti. No, no. El chascón había sacado un lápiz y lo convenció de escribir unas leseras bíblicas en la misma base de la piedra, contó el de la barba. Unos versículos que nadie alcanzará a leer, dijo, y le propuso que rompieran el cerco turístico para comprobar eso que le contaba. Este otro se excusó, argumentando que estaba cansado. En realidad se le nublaba la vista sólo de pensar en ponerse tan cerca de la piedra.

La coreografía necesita a tres. Él, cantante, durante las giras intentaba ignorar las luces en los ojos, los dolores que le palpitaban en la cintura y la sordera de las pruebas de sonido, porque pese a todo sentía cómo tocaban con él los instrumentos de ella, de este otro, de los dos bajistas, de las secciones contratadas de viento, las otras percusiones y los bongós y las maracas y el gong.

Yo soy él. Él, que ya no puede ser tocado sino por guantes.

Ella formaba con los dedos un acorde, los dejaba caer uno a uno sobre los platillos, cálidos, abrazador el acorde siguiente. Este otro la esperaba en su cuerda. El boche de percusiones en las sienes, en cambio, anunciaba que la aglomeración ahí, extática, tendría que salir luego a destruir las cosas públicas de las calles si la Presidenta seguía encerrada en el último piso del palacio sin escuchar.

Él, estrella, no oía nada.

«El boche entre los árboles, cabro chico, no está ahí para esconderse», protestaba la vieja cuando él, siguiendo al kawellu y la gallina ciega, olisqueaba en los truenos a los camiones que se llevaban toda la madera seca y le pedía a ella protección.

Él, cantante, cada vez que el boche se anunciaba tosía una sola vez. Preparaba el carraspeo. Entonaría el rumor desde los bronquios, inaudible, hasta que con la electricidad ella y este otro tocaran al mismo tiempo la señal.

Él, los cerros frente al mar en su cárcel, se quedaba mirando fijamente hasta ver si este otro era quien llegaba a la residencial para que ella abriera la puerta después de pasarse la jornada inmóvil ante la batería. En un parpadeo, sin embargo, se apagaba el farol de la esquina, venía el corte de luz por el bombazo, el boche tras el cual esperaban su voz, agazapados, los demás presos. Su grito.

Yo, en cambio, reduzco la intensidad luminosa de esta pantalla y elimino los nombres de tres en tres: mi parpadeo, los dedos de ella sucediéndoseme en la nuca cuando se queda hasta tarde leyendo la partitura en cama, me roza el reverso de las orejas y enreda en su índice lo que queda de estos pelos. El crujido de este otro mientras le enseña al cabro una sucesión de notas agudas, si mi sol, en su cuerda. Un acorde.

Él, estrella, quería seguir de gira porque en el idioma de la aglomeración esa noche iban a ser *escuchados, y ésta le devolvería un grito por el cual recordaría cierto nombre suyo.*

«Cada pájaro de madrugada abre el pico porque está en su rama», decía la vieja antes de un piedrazo.

«Un tercero hace falta para saber si eso es llamada, recreo, aviso, reclamo o respuesta a quien está lejos.» Un cuarto, respondía ella en su idioma de ínsula, de península, sobre la cama de hospital y con el cabro en brazos ante él y ante este otro. Un cuarto.

Yo, en cambio, abro una sola vez los párpados al mismo tiempo y tres nombres, tres personajes, tres tiempos son sucesivamente reemplazados.

5. CORRECCIÓN

La coreografía necesita a tres. El puñado que gastara una fortuna para obtener un asiento en el concierto de reunión de El Grupo debió contener su molestia durante casi diez minutos. Desde sus puestos, los periodistas fueron testigos de cómo la cara de la ministra imperial en primera fila se iba decolorando, de cómo los dedos prolijos con que a su lado el dueño de todos los panes firmaba contratos empezaban a golpetear nerviosamente la butaca de adelante, de cómo la boca pintada de la calva protagonista de las pausas comerciales se iba abriendo a medida que pasaban los minutos y no se cerraría, pues no iba a asomarse por ninguna parte el bombo frenético que da inicio al último himno de El Grupo.

Sólo habían aparecido ellos tres en el escenario, un arpa de madera y un órgano de tubos, sin primeros planos digitales intervenidos en las retinas, sin orquestas de tres pisos ni arengas ecopolíticas, versículos apócrifos ni explosiones en las pantallas. Fue entonces que, a una señal de cabeza del vocalista, un rechinar hidráulico levantó el frontis neoclásico del ex teatro municipal para que el concierto quedara súbitamente a la intemperie y las cien butacas fueran de inmediato rodeadas por centenares de estudiantes, de obreras, de desocupados, de auxiliares, de asesoras, de objetores, de almaceneros, de recién llegados, de perros y de niñas que a esa hora rastrojeaban entre los basureros de los exclusivos restaurantes del barrio antiguo. Los secretarios financieros del Contraimperio aprovecharon para encender sus respectivas pipas de agua, porque ya lo estaban entendiendo: el costo prohibitivo de los pocos boletos disponibles para el único concierto de reunión de El Grupo había sido utilizado para reconstruir el frontis del ex teatro municipal de manera tal que minutos antes de la primera canción cualquier transeúnte ahí se congregaba.

Esa había sido la única condición que la percusionista, el vocalista y este otro impusieran a la viuda del mentor cuando les propuso el negocio de un concierto de reunión. Y tal era el efecto por el cual los miles de inesperados concurrentes podían de una vez unir la multiforme discografía de El Grupo con el enigma de sus primeras tocatas, con la sobrexposición ideológica de sus producciones recientes y con la batalla campal que se desatara en el parque durante aquel concierto veraniego en que se había dado por consumada su separación: el efecto era la rabia. El Grupo hacía música a partir de la rabia; qué rabia, gritó un patipelado. En ese momento se formó en el cielo, ahora también abierto el techo, un enorme holograma que montaría imágenes documentales de choques entre la fanaticada y los policías durante el festival desértico, también a la salida del festival de música clásica en la antigua capital boreal, entrada la madrugada del año nuevo en la larga playa selvática y bajo los estacionamientos del estadio popular, en contrapunto con el audio de las discusiones a gritos entre él y ella y este otro durante las últimas conferencias de prensa. En su butaca un supremo juez del primer hemisferio tosió, tras lo cual el conjunto de diseñadores de alta costura levantó cada uno su vaso; eran esas las señas previamente convenidas para que el destacamento de militares guardaespaldas cerrara el cerco alrededor de la élite concentrada ahí. Se oían sobre todo los cánticos crecientes de la aglomeración, interrumpidos por los helicópteros. No empezaba el concierto.

–Lo que los organizadores quieren con tanta calma –comentó por la radio alguien desde la trinchera– es que la rabia aumente de lado a lado.

Un enorme foco llevó de pronto toda la tensión al proscenio. Por vez primera en un concierto de El Grupo aparecía el vocalista vestido sobre el escenario; por vez primera permanecía callado, pétreo, distante; por vez primera sus exhortaciones no se oyeron apenas hizo pie frente al micrófono: sólo empezó a bailar, convulso, hasta que los brazos se le anudaron a un pie y las aglomeraciones quedaron de una vez sin aliento cuando cayó al suelo. Al momento este otro empezó a digitar el arpa y, por la profundidad de los bajos que rebotaban sobre fachadas, faroles y veredas, se hizo evidente cómo los pies de ella estaban manipulando el órgano de tubos. Una neblina invernal iba mojando tanto a la élite como a las aglomeraciones de aglomeraciones, ahora eran miles quienes apenas se distinguían entre sí. Tal vez no sería de pura rabia que iban a vislumbrar esa totalidad a la cual cada canción del Proyecto de Banda, de Cueros, de El Grupo y de los álbumes solistas de los integrantes en conjunto aspiraba; el develamiento de los dos bajistas, de la sección percusiva, de un coro sinfónico en el foso que antiguamente separaba público y músicos, por medio del juego de luces, terminó de elevar al centenar de miles de privilegiadas voces angurrientas que se entretejían, que se identificaban con alguna entre las muchas líneas melódicas vocales de esa larga canción tan famosa y no soltaban su canto. Fueron largos los segundos en que la voz de cada cual se entendía con la voz vecina, ambas con todas las personas ahí entonando, inusitada, una armonía que no fuera mera promesa, que no estuviera encarnada en un líder, en una camarilla de personas, en un partido ni en un gobierno, sino en una fuerza excesiva, disciplinada, complementaria, una sola: el sonido de todos esos cuerpos a la vez. Los músculos de la ministro religioso se iban tensando y al mismo tiempo sus tendones se relajaban, una horda de animales había entrado al ex teatro municipal y circulaba mansamente hacia otro lugar en un idioma que la diplomacia no hablaba; el sonido en sí mismo. La ministro no lo conocía, aunque era políglota; tampoco el dueño de todo lo subterráneo, ni el niño ídolo de la biotecnología, ni la príncipe heredera, ni el más premiado escribiente, ni la emperatriz del combustible, ni el anciano apostador de las farmacéuticas, ni el galán mascota del juego, ni las controladoras de las relaciones públicas de la oligarquía, ni los penúltimos grandes atletas, ni los doscientos más influyentes periodistas acreditados. Tampoco se trataba del idioma no verbal de la composición artística. Había una promesa nada más, pero ya nadie era capaz de distinguir lo que significaba eso como experiencia colectiva: el coro sería arrebatado, con los cuerpos de toda la concurrencia, por un ritmo que llevaría las voces no a un lugar idéntico –ahí donde vivían–, tampoco a un nuevo lugar completamente distinto, sino al interior de una suma de las palpitaciones, los sudores, los achaques, los esfuerzos, las plenitudes. Por ese pulso cada cual empezaría ahora su baile a destiempo y simultáneamente, de distintas maneras y con diferentes velocidades, aunque al tanto de quién estaba a su lado y del conjunto completo de quienes participaban, de manera que incluso la posibilidad de disolverse en una armonía iba a trascender la generalización excluyente.

El vocalista, en pie de nuevo, una voz más en el coro de millares, chasqueó los dedos ante el micrófono para justamente marcar la entrada de la siguiente capa rítmica cuando los dos caballeros de más viejo linaje, a quienes nadie vio nunca en las butacas, no lo soportaron más y transmitieron con un aplauso la seña última. Entonces los militares guardaespaldas se voltearon y de un salto invadieron el escenario, mientras a palos y metralleta la policía se internaba en la aglomeración. El brillo de una culata en el cuello del vocalista alcanzó a ser divisado por una sola persona, por la multitud entera un segundo antes del apagón y del desbande y la matanza, su boca abierta mientras se desplomaba, su vértebra en el ángulo del escalón, su arenga resonando todavía en los acoples, foso abajo.

La coreografía necesita repetición. Él, cantante, prefirió una vez más su arenga a la mirada de ella, de este otro, de la aglomeración en el último concierto, todos le pedían que no hiciera lo que esperaban de él: que no se lanzara al foso, que se limitara a cantar y a bailar.

Él soy yo, sin embargo.

Sólo la pupila me deja repetir un sonido que podría ser el de sonarme la nariz, incluso si es por escrito y no me queda otra fosa nasal que el fuelle mecánico.

Él, palabra insuficiente para que en la pantalla blanca no empiece a sonar una advertencia porque llevo los párpados abiertos ya por nueve minutos.

«La llama no quema profundo, mejor la brasa de los palos que hemos apilado. El rescoldo», decía la vieja.

La luz de esta pantalla no quema.

Él, corriendo por el barrio con su hermano, se detenía a escuchar las repeticiones de la lluvia en los techos de zinc. Él, en su cárcel, recibía los pancorazos una y otra vez hasta que los espasmos lo cambiaban de sitio.

Él, cabro chico, se dormía en una acequia si era verano.

Él, escondido de los guardias, entraba en cualquier casa que tuviera fuego durante el invierno.

«Un sonido, entre la mayoría de los pueblos contraimperiales, mueve a su antojo no sólo el cuerpo de nosotros los animales, sino también todo aquello que pueda recibir la mínima brisa del viento.

»Si percibes la música como un agradable acuerdo de sonidos, si la escuchas nada más como un disfrute y si la bailas como distracción social que te permite un poco de ejercicio físico, al rato sentirás que te has separado de la música, del sonido, de tu cuerpo y de todo aquello que pueda percibir la más mínima brisa del viento.»

Él, una vez que oyó desde el baño el sonido de ella, quien creía que por fin estaba sola con el cabro, no escuchó nada más por varias semanas.

Él soy yo, sin embargo. Una voz inaudible entre la sirena de alarma, porque no he movido un sólo músculo en media hora.

5. CORRECCIÓN

La coreografía necesita repetición. El bajo profundo y amable, las cajas sostenidas, los platillos sólidos. El fondo apenas perceptible del eco de la guitarra como contrapunto. Y la voz de una mujer que en su mente escribe cartas a una amante, a un amante cuyo nombre nunca sabremos, mientras conduce su auto por las carreteras fuera del imperio, con el sol matutino sobre sus hombros. Un saxo comienza a remedar sus fraseos. La mujer se saca los anteojos oscuros, enciende un cigarrillo y entonces entran las palmas y cantos de la comunidad religiosa de un pueblo perdido en el Imperio Central, para otorgarle relevancia a la lista de objetos que la mujer recuerda haber introducido en el incinerador de un hotel: un paquete de tabaco, unos pantalones desgastados, una novela fotocopiada, una minúscula redoma, una caja de pastillas y un anillo de juguete.

Se trata de *Imperio (parte 1)*, la canción que da inicio a una de las sorpresas discográficas de la década recién pasada. En la información anexa no aparece por ninguna parte el nombre de las intérpretes, sólo una lista de instrumentos musicales, fotos de paisajes decadentes y dibujos a mano de caras torcidas. ¿Quiénes son Maria y Las Primas? Atendiendo a la exactitud de la sección de bronces, al entusiasmo melódico de las líneas de bajo y de cuerdas, como también a la mezcla comercial, uno creería que se trata de otra banda segregada para adolescentes. Pero también están las baterías comprimidas, los innumerables efectos de guitarra que hacen pensar en las ambiciones artísticas con que un conjunto contestatario de cualquier poblado del Contraimperio intentaría sobreponerse a un irregular calendario de tocatas en bares, escuelas y estaciones de tren.

El desconcierto aumenta ante el dato de que este álbum fue lanzado por el sello imperial Gdmld, hasta ahora dedicado exclusivamente a reeditar la discografía completa del Proyecto de Banda. Sin embargo, hay un punto de contacto entre la cita introspectiva del mentor y la jubilosa añoranza de Maria y Las Primas: el hecho de que recuperan para el gran público la tradición elitista del disco conceptual. Pero a diferencia del mentor, quien formó cada uno de los discos del Proyecto de Banda como una respuesta diferente a interrogantes en mayúsculas para oídos educados, Maria y Las Primas entregan una colección de canciones sobre la cotidianidad laboral, cartas imaginarias que una mujer se distrae escribiendo mientras va de su cama al trabajo. En su viaje, esta voz explora líricamente la contradictoria naturaleza de las relaciones sociales: la vocalista disfruta el hecho corriente de conducir en soledad su automóvil por carreteras desleídas, pero no puede dejar de recordar a quien la espera –y que la engaña con otros hombres y otras mujeres sólo por el hecho de no estar con ella– en alguna metrópoli; sus letras son evocadoras, pero no resonarían si no estuvieran acompañadas por un formidable conjunto de virtuosas de la cadencia. Tal vez las instrumentistas no estén en verdad emparentadas con aquella voz que canta, pero sus pulsos bombean en tiempos similares como sucede con cualquier conjunto de personas que han convivido suficiente tiempo.

Es el single *Pëllü*, sus tres minutos de inventarios, tramas orquestales y bajos que evocan el nacimiento de la música disco, un ejemplo de cómo las canciones de amor necesitan que una relación corporal de dos rebote entre quienes les rodean para aislarlos; si un encuentro significativo tiene eco es porque en alguna parte hay una caverna. La vocalista enumera una serie de objetos personales que su amante deja olvidados en el dormitorio de ella cada vez que se encuentran, y vuelve a verla con la excusa de querer recuperar aquellas cosas que cuestan el agotamiento físico del sueldo mensual; la serie de objetos personales es matizada por el coro de primas, que le responde a Maria con descripciones de paisajes recónditos, cañones, cuestas, pampas, cerros, quebradas, valles, desiertos, cordilleras, pero también le recuerda la existencia de una playa, la ruina de una ciudad, una enorme roca caliza, la erosión en una escultura arcaica, un árbol con flores tan pesadas de polen que la rama se cierne sobre la superficie del río, los gritos de placer que dan dos menores cuando entran a bañarse al mar por vez primera. Esas llamadas con sus contestaciones son lo que conforma una familia, ese conjunto merece que tarareemos su sucesión.

La coreografía necesita público, alguien que presencie los movimientos.

Él, este otro, ella soy yo. Sólo el sonido de la sala con sus operaciones y la voz del cabro chico me resuenan, sin embargo.

Este otro, ella, él no soy yo.

Ella, él, este otro vinieron a conocerse recién alrededor de una fogata, en el rescoldo.

4. FOGATA

Esa última noche la llama nos iluminaba las caras porque eran los palos del laberinto que la teñida había estado dizque construyendo en el bosque de abedules, pero la mayoría nos dábamos cuenta de que le gustaba nada más arrancar las ramas que se le antojaban secas, que le parecían muñones de papel enroscado para usar de vuelta en la ciudad como materia de alguna instalación barrial, y que con el pretexto de recorrer a pie los lugares proyectados para su laberinto en realidad se pasaba las tardes de la residencia buscando hongos de esos rojos en la pura cabeza y sin círculos blancos, aunque esa clave tuvo que dársela la ayudante, y creíamos que se lo dijo un poco tarde, por eso la teñida se pasó tantos días con fiebre, se le ocurrió hervir cualquier callampa colorada para tomársela, y al no invitar a nadie después que la segunda noche se pusiera a discutirle cualquier cosa al dueño callado, luego a la fotógrafa, luego a la baterista, nadie quedaba para prevenirla de que no se trata de que el hongo sea rojo en la cabeza, y que mientras más brillante el color, más a la intemperie su brillo, más cercana al sol su ubicación, más peligroso para quien se lo toma; también que no es llegar y hervirlo hasta que salga cierto olor y espuma, como una sopa, sino que hay en el preparado un conocimiento específico, bastante tradicional, nos decía una de las performer durante esa primera hora de la noche en que recogíamos leña ahí, en medio de un claro donde hace un par de temporadas otro residente había construido una arcada de lianas, brazos, enredaderas, formaciones de alambres, portal hacia quién sabe dónde, nos reíamos, y la bailarina confesaba que estuvo a punto de agarrar un alicate y venir a cortarla en plena madrugada por el daño que en cada momento le parecía que tamaña escultura estaba infligiendo a esos abedules, si por alguna razón se habían retirado de esa parte del bosque y había emergido un claro donde uno de los dueños nos dijera hace un año era pura espesura, pues los estaba forzando y para qué, si la planta consideraba que eso era un pedazo de metal incrustado, inútil incluso para su enredadera, un accidente ahí donde llegaba apenas un puñado de animales humanos extranjeros dos veces al año, y la intervención en sí había empezado a oxidarse, sólo que inquietaba la posición diagonal de los árboles, con qué sentido, bramaba casi, mientras nos ponía en los brazos un leño más que debíamos llevar a la fogata, porque la guionista nos había convencido de dejar entre las brasas de más abajo, protegidos por piedras y cierta madera de lenta combustión, junto a los tubérculos, las verduras y las salchichas, unos dulces caseros que se pusieron fétidos cuando agarraron llama, tanto que tuvimos que partir rápidamente a buscar carbones aromáticos. Partimos los tres. Esa última noche de la residencia artística el camino a la cabaña se hizo más oscuro todavía, porque al final del verano, estábamos advertidos, se levanta ahí una niebla que te cala y la verdad es que teníamos un poco de miedo de separarnos, además que nadie se acordaba de si habíamos escondido la botella dentro de la bolsa de hierba o la bolsa de hierba dentro de la botella, así que cuando conseguimos meter la llave en la puerta, convenciéndonos de que eso desde el bosque era el silbido frío del viento en nuestros cuellos, eso que otras noches –y al subir el interruptor para darnos cuenta de que otra vez la electricidad se había caído en la cabaña, luego de meter las manos en la despensa, en los armarios, entre las toallas, bajo la alfombra, dentro de la ducha, donde sí quedaba agua caliente–, eso que otras noches nos obligaba a preguntarnos con cuánta certeza nos parecía que él la estaba agarrando a ella, que ella manoseaba a este otro, que este otro le metía los dedos a él y a ella al mismo tiempo, apenas conseguíamos levantarnos, fumando más, riéndonos de nuevo por algún comentario sobre la canción que la corista entonaba, religiosa ella, religioso él, religiosa tú, en la fogata cuando la comida empezó a echar humo; como no había platos ocupábamos las últimas servilletas y se nos ocurrió ir al sauna de la residencia a buscar papel de diario para el pescado que la segunda performer trajo después de perderse un día entero por los lagos de la región con el dueño de los caballos y su hijo, pero cuando abrimos la puerta del sauna encontramos a la baterista con uno de los dueños, echaban vapor ya, de manera que nos quedamos callados, mejor escuchar cómo la ayudante nos preguntaba de dónde creíamos que provenía la vida, si en nuestras tierras acaso habían palabras más interesantes para referirse a los espíritus del lugar, wangulenes, antepasados, demonios, guardianes, presencias, terremotos, espantos, residentes, djins, ánimas, narradores, retorcijones, duermevelas, aires, dobles, bichos, otredades, llamas, extraterrestres, dejavús, cumbayás, de eso no te rías, nos decía la artista local en el momento mismo en que la fogata se apagó, se apagó sola y juraríamos que no había una pizca de viento en la noche seca de la residencia a esa hora, es que de verdad estábamos meando un poco más allá, a la vuelta de la tercera cabaña y entre la neblina ella, él, este otro, estábamos enredados cuando vinimos corriendo y de la mano. Como las performer aprovecharon la oscuridad para escaparse con las botellas, tuvimos que salir persiguiéndolas. Algunas risas rebotaban entre los árboles, por el bosque y después incluso, hacia el camino que a esa hora se llenaba de ranas según la música del lugar. Fuimos tras ellas hasta que pasamos la arena empantanada, las totoras, súbitamente emergimos de la neblina y nos encontramos en una playa. Las performer daban alaridos, nos lanzaban terrones desde el muelle para desafiarnos a ir con ellas cuando se metieron en el bote.

3. UN CUERO EN LA ARENA LLAMA A UN CUERO DEL AGUA

Así que metimos la pierna entera en la entrada pantanosa. Algunas de nosotras ni siquiera llevábamos zapatos. Así que con la pierna entera en el lodo grueso, hasta la rodilla en varios casos, llegamos hasta donde el remanso se abría y empezaba la resaca, remolinos, bancos de arena ahora, dabas un paso y te caías, dabas otro e ibas subiendo, daba igual sin embargo porque corríamos hasta afirmarnos en el borde de la madera azumagada del muelle o del bote, donde el frío de la columna de acero tocaba nuestras piernas y los dedos se separaban cuando nos encaramábamos, nuestras uñas en las tablas, no dejamos que las performer alcanzaran los remos y se alejaran entre chistes y gritos, incluso algunos de nosotros andábamos con pantalones, con bototos, con calcetas largas porque al final del verano empieza a refrescar ya en ese lugar, daba igual, algunas de nosotras antes nos habíamos envuelto las piernas con tiras de gasa mientras fumábamos mirando fijamente la fogata, por el frío; es que del hospital de la localidad nos regalaban los sobrantes para nuestras obras y las cosíamos con hilo púrpura, de manera que, cuando logramos meternos todos en el bote esa noche, algunos que se quedaron atrás porque se les escapaban las botellas de las manos y llevaban pedazos de carne asada que luchaban por no mojar se asían a la gasa para no perderse. Era inevitable que diéramos algún paso en falso, el agua se traga cualquier comida que le ofrezcas y sobre todo en luna llena, como nos dimos cuenta apenas el viento vino y la neblina se retiró, así que por el reflejo algunas conseguimos ver el brillo de los clavos oxidados del bote desde donde las performer nos lanzaban qué, te acuerdas, piedra pómez, pedazos de madera, pelotas de goma, porotos, terrones de azúcar, pan duro del que había sobrado cuando amasamos una figura humana y la metimos al horno, y el hombre se infló, se le levantaron sus partes y los ojos terminaron abriendo unos párpados ahí dentro, de la boca se le hincharon labios, bajo los labios castañetearon unos dientes y bajo los dientes se movió una lengua, tragó una garganta, así que esa otra noche también salimos corriendo hasta que nos dimos cuenta de que nos habíamos dispersado a través del bosque. Tratamos de volver, nos perdimos durante horas, algunas de nosotras nos quedamos paralizadas ahí en la cocina hasta que sacamos la mantequilla, lo untamos y lo fuimos comiendo antes de que siguiera su crecida y de que se enfriara, no podíamos esperarlas a todas, así que esa última noche algunos de nosotros seguimos corriendo por la arena hasta que la espesura nos dejó salir y cómo, no sabemos, habíamos encontrado la playa. Llevábamos vasos de vidrio que el mar nos arrebató de inmediato, nada más fácil llenar un vaso de agua salada para la ola tan fuerte a medianoche y la luna se nos apareció roja, roja pero no de luz; la artista que no conocía el idioma y la ayudante y el dueño y el segundo dueño, incluso la fotógrafa, que llevaba ya un tiempo ahí, se acordaron de lo que nos habían dicho los locales, de lo que podía significar que una luna colorada disipara la neblina tan espesa esa tarde, así que de repente nos encontrábamos en la playa esa a la que nadie había conseguido emerger desde el bosque por varias temporadas; desde que los animales humanos extranjeros llegaran, los abedules se habían encargado de tupir las nueve salidas. Entonces, mutis. Una de nosotras se había puesto a tejer en el bote, no era gasa lo que nos guio por el pantano, y cómo era posible que toda esa lana que llevaba estuviera seca, cuánto movía las manos esa noche. Así que éramos diez bien sentadas sobre un bote de madera, medio podrido en alta mar. Así que nos habíamos quitado pantalones, zapatos, blusas; un montón de ropa empapada llegó hasta nosotros de vuelta a la playa y no podíamos parar de reírnos, no nos asustaría imaginarnos qué les había pasado a las muchachas, pásate la botella, será mejor, y cuando una estiraba el brazo otra abría la boca, y cuando otra ya no se reía porque algo estaba mal con la columna del bote, porque iba cediendo, porque entraba más agua, porque nos ladeábamos, alguien aún tenía que desenrollarse las piernas que se le habían cubierto de algas, otra insistía en quitarse el bototo ajeno que llevaba en el pie derecho, mejor pásate la botella, los fósforos, exhalábamos en silencio y nos colgaban brazos, piernas peladas, cabezas fuera del borde inestable, entretejidos nos secábamos en el viento por fin cálido, húmedo, pero entonces, cuando nos veníamos a acordar de lo que significaba ese viento con la luna roja después de una neblina densa a esa hora al final del verano, la ayudante comentó que desde que nos comiéramos al hombre de pan el espíritu del lugar dejó de aparecérsenos, tal vez por eso habíamos alcanzado una salida del bosque hacia la playa. Una de las performer señaló algo oscuro a lo lejos y le lanzó una concha, algo que no logramos ver y que nos convenció de que se había concentrado la totalidad de la noche en un solo punto, así que nos pusimos a patalear como si remáramos pero el viento se enfrió, picó el oleaje, se nos colapsó finalmente el bote, qué otra cosa íbamos a hacer cuando la columna flotante estalló en sal, sólo que ella, él y este otro éramos los únicos que sabíamos nadar, así que seguramente el resto nunca llegó al bote y es muy posible que en verdad nos hayamos quedado nada más los tres en la arena bebiendo.

2. ACONCHAMIENTO

Más nada, braceamos desde el colapso del bote hasta que nuestros pies tocaron suelo contra las corrientes que volvían de la orilla. Empapados, jadeantes, la ropa era un estorbo y nos dejamos caer en la arena pálida por la luna de esa última noche.

Éramos tres nada más: ella, él y este otro; te dormiste, nos dijimos; nos lanzamos arena a la boca abierta y roncabas, no, estaba muerto después de tanto nadar, necesito primeros auxilios y risas, más arena a los labios abiertos en el momento que saltó la chispa a la pila de leños, con el propio cuerpo la habíamos defendido de las manos de los demás y logramos encender la llama justo cuando el viento había dejado de soplar entre las bocas, ojos, hoyos y orificios que no son lo mismo pero sirven igual; las entradas como las salidas íbamos mostrándonos, toca aquí, fíjate que no se parecen pero sirven como en la fogata, a un lado caía la ropa tendida para que encima nos mordiéramos y nos agarráramos y compartiéramos lugar, escalofrío, grito con risa y sin risa, bultos por donde no pasaría el viento, prueba esto, chupa esto otro, viscosidad que no habíamos experimentado antes, sin embargo; logramos nadar con la botella llena, no pregunten cómo la agarré; tensión, reflejos; al primer canto del pájaro y ante el desvanecimiento de la luna roja, oro en la punta de un cerro lejano que no conocíamos, conversación sin saliva a esa hora, fluido sin cuerpo, no te creo. Sí te creo.

Te creemos. Hablamos apenas siseando, al volumen de los grillos y las ranas, más bajo que el viento que es uno solo pero está en todas partes. De a tres nosotros, en cambio, más que conversar nos íbamos explicando en voces que no sonaban a diálogo el por qué no era la primera vez que hablábamos. Veíamos la cara de ella, de él, de este otro frente a frente e, iluminado el recuerdo imaginario, la luna había sido tapada por la neblina, nos preguntábamos quiénes éramos ahora.

Eso escuchamos junto al sonido de los palos que se iban deshaciendo en brasa, de las brasas que se volaban en ceniza, de las cenizas que se disolvían en viento. Escuchamos nuestras vidas pero no nuestras historias. La de ella, la de él, la de este otro, y sin gestos nos fuimos secando. Depositamos la última ceniza al interior de una concha que habíamos encontrado ahí donde prendimos la fogata, una sola concha y límpida que sellamos.

1. EL ESPECTRO DE LO QUE SÓLO SE PUEDE TOCAR

Para entonces ya nos habíamos calentado. Para entonces ya podíamos dejar ahí la ropa, quedarnos con las piernas abiertas frente a la fogata y escucharnos: era el amanecer, el nuevo día y alcanzábamos a vernos la cara, quién eres tú que tanto quieres saber si él con ella, si ella con este otro, si este otro con él, si es posible de a tres y si importa preguntar eso, dijimos antes de escucharnos.

Este otro empezó a hacer vibrar sus labios, apretándolos de manera que se soltaba sólo la carne de la boca junta cuando una gravedad acompañó el primer resplandor de sol a través de los árboles, por el lago hacia el mar, hasta dar de lleno en los brazos lampiños de ella, que empezó a frotárselos, pues el momento le había dado escalofríos. Sin embargo el roce dio paso a leves golpes con sus palmas que interferían en cada choque, por un leve lapso, el grueso del sonido de este otro, y antes que sonara aflautado el primer llamado del pájaro, anticipándose, él empezó a llenar los espacios que ella dejaba en la vibración de este otro con un plañido, una agudeza que subía y bajaba cuando ella, usando la mano que había desocupado, intentó mover un palo de la fogata para aprovechar el costado de la brasa y no lo soltó, sino que quiso responder a cada golpe con madera encendida, a sus palmas como a los dedos de él, a los sonidos –quién eres tú, por qué tanto quieres saber en qué idioma lo hacíamos–, a las sílabas con que este otro empezó a construir una frase repetitiva que se descompuso según la primera sombra apareció con el sol en el cielo. Ella participaba del intercambio de alaridos que se sumaba a la pajarería a esa hora temprana, a las respuestas exhalatorias de él, al ruido con que los dedos de este otro caían junto a los labios de todos y fue armonía, arteria, arena lo que empezó a golpear una vez con otra el cuero tenso del pecho suyo, tambor que cantaba, tema de a tres, canto nuestro, música, dijeron. Y nos escucharon.

–Escucha –les dijo ella–. Ha sido un hallazgo para mí conocerlos en esta residencia artística. No esperaba hacer música de nuevo, menos trabajando entre extraños y con hombres; pero esta canción que acabamos de tocar, ¿le pertenece a alguien?

–Escucha –les dijo este otro–. Creo que ha sido importante para los tres que hayamos aceptado venir a la residencia artística, dejar las inercias de El

Grupo, los problemas comerciales, la tensión sexual, la costumbre de la propiedad, la sobreimposición de las parejas, la fantasía de la banda, la vanidad de la autoría y, por fin, volver a hacer música juntos; pero esta canción que acabamos de tocar, ¿no nos pertenece a los tres para que cuando la grabemos sea el tema central de nuestro álbum del regreso?

–Escucha –les dijo él–. No sé quiénes sean ustedes dos y no me interesa; no me cuenten de dónde vienen ni qué los trajo aquí, ni cómo llegamos a hacer música juntos frente a esta fogata; no quiero saber de sus infancias, de sus padres, de sus barrios, de sus adolescencias, de sus parejas, de sus trabajos y de sus proyectos, de sus carencias y sus logros, de sus culturas originarias y sus presentes; pero esta canción que acabamos de tocar, ¿no pertenece a una vida amplia que acaba de empezar, a un aglomerado de elementos que sólo tienen en común una vibración cuando toman contacto, cuyas masas combinan de una manera que no es sólo una manera sino muchas por venir y que, desde cerca, consta de átomos, células, tejidos, órganos, cuerpos y, desde lejos, consta de ciudades, pueblos, caseríos, poblados, ríos, playas y montañas que no pertenecerán a este lugar, a esta concha, a esta fogata ni a esta residencia con sus animales humanos extranjeros, música que no es de quien la escucha ni de quien la lee, sino de quien pueda imaginar que nunca existió y aun así entenderla?

Para entonces ya nos habíamos secado. Para entonces ya nos podíamos vestir, pero no lo hicimos.

La coreografía necesita melodía, día a día era mía la fantasía de que habría compañía.
    Suena un pulso que interrumpe, que me despierta.
    Él soy yo.
    El sonido envuelve este cuerpo desde dentro. El órgano repite el tema. Yo, en cambio. Yo, en cambio.
    Él, cabro chico de la mano con la vieja, preguntaba por qué no le permitían soplar con la nariz el palo hueco reservado para el instrumento y por qué su voz de pito no podía continuar las repeticiones de ella.
    Él, cantante, descartaba las segundas y terceras voces que este otro le proponía para la parte más melodiosa del álbum por el cual la fama y fortuna les daría la excusa de separarse. Este otro no entraba en explicaciones, sino que las reincorporaba en forma de percusión.

Ella y este otro, en cambio, armonizaban en voz baja en el hospital, en una silla y en la cama.

«¿Qué melodía sería, más que una compañía, una vía mía?», *se contradecía y no sonreía, tampoco podía, cuando los oía.*

La vieja, en cambio, cabro chico, le daba un manotazo para que conservara la distancia necesaria.

Esa palabra, melodía, no estaba en el idioma de la vieja, ni en el de la vieja de la vieja, ni en el de la vieja de la vieja de la vieja. Conservaría la distancia.

Soplaría por la boca hasta que la nariz, los ojos, las orejas soplaran. Yo soy él y no trataría de hablar si cantaba.

0. EL BRILLO ESTÁ SÓLO
EN LA PUPILA DE LOS OJOS

La coreografía necesita melodía. Una muchacha estaba pasándole la máquina por el cuello a una mujer en una de las peluquerías de la plaza universitaria, observando a través de los mudos ventanales cómo se estacionaban cuatro patrullas policiales en torno a un tipo obeso vestido de jardinera y sombrero que apuntaba con su rifle a unos ejecutivos extranjeros que salían del bar. El tipo obeso había sonreído un segundo antes de que los policías lo abatieran a balazos, la muchacha lo vio en la televisión de la peluquería. La interrumpió el ruido que hacía, sentado en los sillones de la entrada, el cabro con su pie, golpeando la alfombra al ritmo de los goznes de sus tijeras que se abrían y se cerraban. A este lo he visto antes, pensó la muchacha; el cabro parecía tararear una canción sin abrir la boca. En el momento que la miró de vuelta, ella se dio cuenta de que seguramente por esos audífonos él no escuchaba el barullo en la calle.

–Gotta go –dijo el cabro chico, apartando la vista de ella, levantándose e intentando caminar con fingida agilidad mientras recogía los audífonos que cayeron desde sus orejas apenas abrió la boca y que ahora casi lo hicieron tropezar.

La muchacha se encogió de hombros. Antes de que la puerta de la peluquería se cerrara, le pareció que el cabro había dicho algo más, una frase que no había alcanzado a escuchar y no sabía en qué idioma. Se quedó mirando de nuevo la calle, las sirenas, la aglomeración que se enfrentaba a los helicópteros y a las cámaras, los miembros del tipo gordo que se asomaban bajo un plástico plateado, las ambulancias. Entonces se acordó de ciertas palabras: se acordó del nombre completo del cabro y de que en el coro de la escuela secundaria acostumbraba a ubicarse dos puestos a su derecha en la fila de arriba, que la primera vez lo había sorprendido observándole la boca fijamente mientras los dos cantaban la sección más grave de la versión a capella del éxito primaveral en el barrio; recordó que sí había entendido lo que el cabro había dicho en ese otro idioma a la mujer que lo acompañaba minutos atrás, la mujer a la cual se preparaba para aplicar tintura en ese mismo instante:

–No te cortes el pelo –le había dicho–. De todas maneras va a crecerte de nuevo y te reconocerán.

La mujer a la que la muchacha repasaba ahora con la máquina se había mantenido impávida hasta entonces, su mirada más allá del espejo. Sin embargo se dio vuelta ante la voz del cabro que se despedía y, sin que le importara el filo de la navaja eléctrica, se levantó de la silla de peluquería. Intentó decir algo, pero vio que el cabro ya había salido corriendo por la puerta hacia la plaza; la voz se le quedó en la garganta y tragó saliva. Sonrió ante el espejo, se sentó de nuevo. En su mano el teléfono vibraba incesantemente. La muchacha no pudo evitar notar en la breve pantalla de dónde provenía la llamada: «Hospital».

Se le vino a la memoria cómo en el semáforo de una calle, desde el asiento trasero del auto grande de un ejecutivo que le pagaba por dos semanas de servicio completo, se había levantado un minuto y había visto pasar a un hombre que le pareció bastante atractivo. Se quedó mirándolo. Se ruborizó al descubrir que no sólo le era conocido, sino que también sabía perfectamente la forma en que sonreía, su manera particular de estirar los brazos al despertarse en la mañana, la inflexión de orgullo en su vozarrón imperial si hacía una pregunta, y que se le formaban pequeñas arrugas en el borde de la boca cuando estaba cansado. El ejecutivo que le pagaba la hizo volver a agacharse; se le volvió tan obvia su situación, que debía cambiar de trabajo, cuando éste suspiró al mirar por la ventana:

–Mira, ahí pasó un actor de la televisión.

La muchacha desde ese momento estuvo segura de quién era el cabro mientras le sonreía a la mujer en la silla, le aplicaba el último ungüento, le terminaba de limpiar la base del cuello, le pasaba un algodón húmedo por detrás de las orejas con un poco de agua mineral, le ofrecía un producto que ella rechazaba, le cobraba, le entregaba una tarjeta, le deseaba una buena tarde y la veía empujar la puerta hacia la plaza universitaria, donde entraba a un taxi. Claro que se acordaba ahora de quién era esa clienta, la maquilladora del negocio se la pasaba mostrándole fotos de una baterista que se pintaba el cuerpo para hacer juego con los demás integrantes de El Grupo en los conciertos.

Apenas dieron las cinco de la tarde la muchacha salió corriendo de la peluquería; la habían requerido tres nuevos hombres en el teléfono. Pero a cada paso que disminuía la velocidad se dio cuenta de que empezaba a formar parte de la aglomeración en la esquina oeste de la plaza y que no podría correr más. Tuvo que cancelar los pedidos en la pantalla, se lamentó de tener que gastar su paga de la peluquería de hoy en las multas electrónicas. La turba la arrastró por horas hasta el parque grande donde se venía celebrando el triunfo de la inmigrante en las elecciones presidenciales. La muchacha veía decenas de pies que intentaban proseguir, evitaba levantar la vista del pavimento desde que en la esquina de la avenida unos cabezas rapadas reaccionaran ante su cuerpo operado y la tomaran de la cintura para inesperadamente enfundar su torso en una polera azul que llevaba estampado un crucifijo, y de la cual no tuvo oportunidad de desprenderse porque sus manos estaban demasiado ocupadas sosteniéndose en brazos ajenos que la empujaron por toda una gama de pieles que la presionaban para que siguiera yendo adelante, el metal de una reja finalmente, un proscenio, los focos en sus ojos. Un estruendo de instrumentos amplificados y de muchísimas voces que coreaban bailando la convencieron de levantar la cabeza hacia el escenario, donde se dio cuenta de que el vocalista de El Grupo se acercaba a ella, le cantaba a pocos centímetros de distancia pero apenas lo distinguía por el brillo de los focos en su cara.

Se acordó también de que en el coro de la escuela habían decidido ensayar durante todo el fin de semana la canción de moda de esa primavera, para presentarla en el acto cívico por el Día de la Emancipación. Era tarde una noche de sábado, les ardía la garganta pese a que era responsabilidad de ellos empujar la melodía con los labios y no con la respiración. El cabro le intentó enseñar por enésima vez cómo proyectar, pero terminaban besándose y encaramándose uno sobre el otro en las duchas. A él le dolía algo más adentro de los intestinos después del sexo, intentaba explicarle al cabro que no era consecuencia de su inexperiencia ni de los parches hormonales, y luego se entretenían tomando fotos a las manchas de colores en el urinario; llevaban dos semanas en que uno solamente comía espárragos y el otro betarragas, así que esos últimos meses de la escuela, además de cantar al unísono el cancionero medieval, corrían juntos hacia el baño. Los colores no se disolvían fácilmente con el agua que bajaba por la loza blanca. Tampoco se mezclaban. En medio de la aglomeración, frente al vocalista y a la percusionista, a quien había tenido el honor de cobrar un corte de pelo, la muchacha recordó que cuando fumaban por última vez en el techo de la escuela, el cabro le tomaba la mano para confiarle que se trasladaría con su familia, con El Grupo, a una localidad inaccesible del Contraimperio.

–Do you think the world is really ending? –le había preguntado el cabro.

–Claro que sí –le había respondido él con un suspiro–. Tu mundo, pero no el mío.

Y ya que no iba a poder librarse de los fanáticos que usaban sus hombros fornidos para encaramarse hasta los guardias que los repelían con bastones eléctricos, la muchacha introducía una de sus manos en esa polera que llevaba puesta, contoneándose se la sacaba y la iba girando en un movimiento ascendente por el otro brazo, hasta que la prenda volaba rumbo al escenario y daba en la cara del vocalista. No le importaba ese concierto, la fuerza de la rodilla en su espalda, la expresión de esa figura mil veces fotografiada y repetida hasta la náusea en las pantallas de su ciudad. Le preocupaba el brillo en su cara, sólo alcanzaba a ver por completo el fondo del escenario.

—La vida aquí empieza muchas veces –le había dicho al cabro después, en la escalera trasera de la escuela, colgando. Y había permitido que el muchacho llevara la mano a su entrepierna herida.

Ya no le era familiar la cara del cabro, quien sin embargo esa tarde también la reconocía desde su puesto atrás de El Grupo. Ya no le era tan familiar, por eso le empezaba a gustar ese posible cliente joven que le sonreía desde la distancia. De eso consistía el recuerdo de ella, de él. Más le preocupaba que el brillo no resaltara el sudor en su piel; tal vez dilataría demasiado sus propios ojos y eso no era sano, pensó, justo antes de caer desmayada.

La coreografía necesita un ritmo, un ritmo que no conmueva.
 Yo soy él. Él es eso.
 Eso es pulso. Pulso, lejos.
 Yo, en cambio, yo y tu sombra.
 ¿Qué hacía tu sombra de noche en las olas?

1. ¿QUÉ HACÍA TU SOMBRA DE NOCHE EN LAS OLAS?

La coreografía necesita un ritmo. Desde el balcón del tercer piso de la embajada esa noche la línea recta del horizonte hacia el sur cedía, abandonaba los matices, finalmente era la sombra de una nube que avanzaba hacia la ciudad y que barría el mar que el vocalista y este otro estaban observando, descalzos y los dedos púrpura, en silencio, mientras se pasaban una botella que habían robado de entre los mesones del banquete. Y fumaban.

–Lo leí en alguna parte, creo que en una biblioteca imperial –agregaba este otro–: «el sentimiento oceánico». No me puedo olvidar de esa frase. Tampoco me había pasado sentir de esa manera olor a mariscos y gritos de gaviotas y niños llevando baldes de agua salada, los pasos de una pareja que presionan la arena y el sol te cae en la cara, pero estás en medio de una duna, no ves el agua ni escuchas nada, no sientes frío ni calor, sólo el murmullo constante del océano a pesar de que estás con la cabeza hundida en tu propia humedad y quizá durmiendo haya una calma que va y viene, el golpe constante de una ola sobre otra, las olas peligrosas de mar adentro, tú sabes; un estado en el que te desentiendes y hueles la sal, pero al mismo tiempo estás alerta porque la marea en cualquier momento sube y te lleva, la ola que revienta te ahoga, permaneces tranquilo, estás lejos con los ojos cerrados tocándolo todo porque el agua se extiende hacia donde sea que abarque tu mirada y, aunque mantienes los ojos cerrados, lo sigues oyendo. ¿Lo oyes? Leí algo parecido también en ese libro; el libro de un antiguo célibe, sí, pero qué te importa ahora que están todos presos y que su iglesia horrible es ilegal. El célibe citaba a un visitante sureño de su misma organización que recorría los pueblos buscando una experiencia nueva para él, algún iluminado en los caminos o algún colega que encontrara en el canto, en el dibujo, en los vidrios multicolores un pedazo de lo que tanta gente hablaba y aseguraba saber, y que sin embargo no estaba en ningún lugar, menos en lo que vendían cada domingo. El visitante recorría las regiones rurales hasta que llegaba a la costa, caminaba por el largo litoral y finalmente alcanzaba la última lengua de tierra. Se quedaba días y noches en los acantilados ante el océano. Hasta que un día se plantó ante él un santo. Debatieron por dos días sobre el sentimiento oceánico. Al tercer día el santo estuvo dispuesto a lanzarse al mar.

El vocalista le acarició el brazo a este otro para que guardara silencio. Se apoyó en él, pudo levantarse con dificultad y anduvo hasta la baranda del balcón, donde se quedó observando. Temprano en la mañana, días atrás, este otro se había encontrado en el centro de esa ciudad contraimperial, a la salida del Banco del Pueblo, con un barbudo que tocaba en sus cuerdas versiones de temas del mentor, de El Grupo, de Maria y las Primas. Cobró el cheque que le robara al embajador y lo invitó a almorzar. No obstante el vocalista y él habían pasado juntos las últimas setenta y dos horas improvisando ruidos y armonías con acoples de guitarras en la azotea de ese edificio –hasta que entró la guardia de la embajada–, el vocalista apenas le había dirigido la palabra. Y ahora alzaba el brazo con la botella, indicando un punto a lo lejos: la nube había envuelto definitivamente el mar de manera que la tierra, el agua, el cielo eran un solo bloque en la noche, un bloque que incluía el cemento de la ciudad, los muros de la embajada, la trayectoria invisible de la botella que el vocalista lanzaba hacia la copa de los árboles más altos del parque. Este otro no recordaba con qué argumento el célibe había convencido al santo de que no se lanzara al acantilado y que en cambio se quedara con él ahí ante el océano abierto otro día, luego el siguiente y aun uno más hasta que se acostumbró a seguir vivo. Eso era lo importante, pensó, en el momento que el vocalista indicaba una apertura entre las nubes que definía cierta forma blanca en medio del mar, acaso un bote, un roquerío a contraluz de algún faro, el brillo de todas las lámparas de la ciudad sumadas al muro de la neblina. Antes tenía los dedos hinchados, ya no. Escuchó que el vocalista vomitaba en el baño, que minutos antes la mano de su viejo amigo había estado indicando no un punto en la línea perfecta del horizonte que ahora volvía a formarse, sino la figura creciente, porfiada, saltona de una mujer que quería bajar por el muro mayor de la embajada y que lo lograba. Se empinó un trago de otra botella que encontró en un bolsillo de algún pantalón que estaba ahí en el suelo y miró hacia el baño, la puerta abierta de par en par, donde ahora la mujer sostenía con fuerza la cabeza del vocalista sobre el escusado. Sentada en el suelo, ella les ofreció de fumar algo que traía consigo en un pliegue.

–Qué sabe ese célibe más que salvarle la vida a un santo –comentaba ella entre el humo, entre consonantes filudas y vocales blandas que delataban su procedencia de algún suburbio del desaparecido imperio–. Y las que no somos santos, las que no somos célibes, las que no somos hombres frente a un acantilado sublime, nosotras nos jodemos. En cambio había una vez, más al sur incluso, esta vieja que lejos estaba de preocuparse por la existencia del océano. Sabía de árboles, de enfermedades, de animales menores, de algún caballo, del clima y de dos cabros chicos que crecían con ella. Parecían gemelos. Durante su vida la vieja sólo había conocido a viejas, a las viejas de su casa y a otras viejas distantes hasta que un día le llegaron dos cabros chicos. Esos son ustedes.

El vocalista se limpió la bilis con una manga, tosió apenas y fue inesperadamente a acurrucarse, los ojos abiertos, junto a la percusionista, que seguía hablando ahí. Movía la boca a medida que iba escuchando las palabras de ella, pero no emitía más que leves quejidos.

–Un día la vieja tuvo una pesadilla distinta de las usuales, agarró a cada uno de los cabros chicos y los subió a la copa más alta del árbol que preferían en el lugar. Sentada en un chongo de tronco que había aparecido al frente de su casa el día anterior, esperó a los guardias de la empresa forestal con su contrato en la mano: un kultrún, su tambor. Los guardias llegaron de madrugada, vestidos y armados por el gobierno central. La vieja los estaba esperando con una canción percusiva que duró horas, que los aterró porque reconocieron en ella a las viejas pacientes que llegarían a ser. Le dispararon de a veinte, le aplicaron motosierra y después del aguacero que cayó con viento helado esa misma noche se dispararon entre sí. Esos dos niños sobrevivientes fueron quienes contaron esta historia ante unos funcionarios del gobierno central, que no los escucharon porque ese mismo día estaban cayendo los primeros drones de la expansión imperial al sur del sur.

Este otro, el guitarrista, se dio cuenta de que empezaba a escuchar una música, un ritmo, una estructura musical masiva mientras la percusionista parecía que dejaba de hablar para concentrarse en las caricias a los ojos del vocalista. Fue a sentarse junto a ellos, pero se detuvo a medio metro y no supo acercarse con otra excusa que para ofrecer su encendedor, mientras a la distancia se escuchaba el rugido de los centenares de vehículos que pretendían llegar a la carretera antes del desabastecimiento total.

–Esos dos gemelos se culparon mutuamente por haber cantado en vano. Hasta que cantarían –concluyó ella.

Entonces, al amanecer, empezaron a aplaudir.

La coreografía necesita pausa y movimiento.
  Falta algo para subir a tocar.
  Eso, allá, ¿sería una concha o sería una roca?

2. LA OTRA ROCA, MÁS CONOCIDA COMO LA CASA DE LOS HUESOS

–La coreografía necesita pausa y movimiento –comentó ella mientras bajaba el volumen de la proyección televisiva.

A su lado en la cama, entre cojines, el vocalista abrió la boca y pestañeó al mismo tiempo. La mueca en su cara no era penosa por primera vez en cuánto tiempo, se preguntó la mujer mientras intentaba escuchar quién había llegado a la casa. O se trataba nada más de la discusión entre el cabro y este otro, intuyó; uno de los dos salió dando un portazo después que las carcajadas se interrumpieran.

Había mucho viento esa noche. Pero, ¿existe físicamente algo como el viento, algo táctil que no se pueda tocar? ¿Qué es una corriente de aire, si no una superstición? Recordó cuando él jugaba a formular ese tipo de preguntas en voz baja, a su lado, en la cama enorme de un hotel del imperio aquella vez en que no los dejaban salir hasta que aceptaran el pago de la oficina de inteligencia. Entre sus demandas estúpidas para estirar la tensión, el vocalista había exigido que abrieran las ventanas que estaban selladas y dos horas después les rogaría que las cerraran, separándose de su brazo transpirado, porque según su sueño las corrientes de aire podían provocarle un dolor de espalda. En la película qullasuyu que ella estaba viendo los cuerpos empezaban a bailar sin importarles los tanques que llegaban a la plaza frente al palacio de gobierno.

Subió el volumen con el control remoto, se sorprendió cabeceando y no quiso dormirse, más bien se giró hacia él, tieso entre sus cojines, para limpiarle la baba con la propia manga de su suéter viejo. En la noche ella se despertaba y con el dedo le recorría el borde de la boca. Igualmente le limpiaba los mocos y le quitaba las legañas, sólo que esta vez él levantó la mano tiesa, magra, esa mano pálida que tantas veces le sujetó la suya o el micrófono con fuerza, y se la retuvo. No entendía cómo de pronto él podía moverse, por qué le apretaba la palma hasta que la sangre de su yaya se convertía en raya. En la película, challa. En la ventana, una falla. Calla. Cacharpaya. El vocalista ensaya: es hora de que me vaya. Ella en la playa con él y con este otro estallan. El sueño la desmaya.

—Ahora toca empezar a bailar, pues. Todo en su sitio.

La despertó parte del diálogo entre los personajes de la película proyectada. Ella trató de entender lo que pasaba, quién decía qué, pero la aglomeración se había convertido en una diablada que fagocitaba los tanques.

–Ahora toca –balbuceó el vocalista, sentado en la cama.

Ella se le quedó mirando. Ya no se fijó en el recorrido de las arrugas ni en sus pómulos quietos. Los cojines y las almohadas estaban en el suelo. No se trataba ahora de entender el movimiento desordenado de sus pupilas, sólo que así, viéndolo hablar más allá de todo diagnóstico científico, ella también se daba cuenta de que él no mantenía la espalda apoyada contra superficie alguna. Esa mano tiesa, que se aferraba con fuerza a la suya, intentaba acariciarla.

–Ahora toca.

Él no había dicho esas dos palabras en el idioma imperial ni en el del comercio, tampoco en chezungun ni en el de los conejos, ni en el de la península ni en el de la isla ni en el de ultramar: eran sonidos por completo desconocidos para ella y aun así había entendido. El vocalista no quería escribir más su autobiografía con los ojos. Quería dormir. Lloraba.

Sonó un portazo.

–We've got some wind –dijo este otro cuando ella no lo esperaba.

Había estado observándolos roncar a ella y a él desde el umbral del dormitorio. Sostenía tres vasos de agua tibia en las manos, no se movió hasta que la escuchó agitarse. Se sacó los zapatos, la corbata, el traje y se metió a la cama con ellos.

–Ese cabro tuyo no quiere convencerse de que una cosa no va a volver a ser lo que era si estaba decidida a transformarse. Sigue buscando a la muchacha, a la peluquera, en El Hombre. Le dije que la memoria ahora también puede ser operada. Salió corriendo.

Ella se estaba despertando. Insomne, la percusionista de El Grupo se entretuvo probando una secuencia de botones en el control remoto; la proyección cambiaba de formato en la pared, se hacía protuberante, la banda sonora desaparecía y surgía únicamente la voz de una actriz entre toda la muchedumbre de cuerpos coreografiados. La yaya en su mano había dejado de sangrar. El guitarrista de El Grupo observó en el reverso otra cicatriz, una que ella nunca le había mostrado. Hasta que se la dejó ver en la penumbra. El vocalista parecía haberse dormido entre los cojines, por fin; acaso los tres descansarían frente a esa aglomeración que con su baile desarmaba el ataque, nadie acudiría a su instrumento para ayudar.

–¿En qué idioma es esta coreografía? –preguntaron.

La puerta volvería a abrirse y a cerrarse sólo una vez más, pausa y movimiento.

La coreografía necesita corrección.

NOTA

Esta novela incluye paráfrasis de textos de Ana Mariella Bacigalupo, Michel de Certeau, Lydia Cabrera, Lawrence Hayward, Thomas Mann, Chantal Mouffe, Jacques Lacan y Manuel Manquilef.

ÍNDICE

13. Corrección, 11
12. Corrección, 17
11. Corrección, 21
10. Corrección, 25
9. Corrección, 30
8. Corrección, 37
8. Corrección, 44
7. Corrección, 52
7. Corrección, 60
7. Corrección, 67
7. Corrección, 76
7. Corrección, 83
Patraña, 89
6. Corrección, 113
5. Corrección, 120

5. Corrección, 128

4. Fogata, 133

3. Un cuero en la arena llama
a un cuero del agua, 138

2. Aconchamiento, 142

1. El espectro de lo que
sólo se puede tocar, 144

0. El brillo está sólo
en la pupila de los ojos, 150

1. ¿Qué hacía tu sombra
de noche en las olas?, 158

2. La otra roca, más conocida
como la casa de los huesos, 165

Nota, 171